HWYR I'R PARTI

HWYR I'R PARTI

NERYS REES BOWEN

sebra

Cyhoeddwyd yng Nghymru yn 2026 gan Sebra,
un o frandiau Atebol, Adeiladau'r Fagwyr, Llanfihangel
Genau'r Glyn, Aberystwyth, Ceredigion SY24 5AQ

ISBN : 978-1-835390-31-3

Llun clawr gan Charlotte Hepburn
Dyluniwyd gan Nia Williams

Dymuna'r cyhoeddwr ddiolch i Dr Hannah Sams-Jones, un o gyfarwyddwyr yr awdur yn ystod ei chyfnod fel myfyriwr PhD ym Mhrifysgol Abertawe, am ei gwaith graenus yn golygu'r gyfrol hon a'i pharatoi ar gyfer cyhoeddi, ac i deulu'r diweddar Dr Nerys Rees Bowen am eu cefnogaeth.

sebra.cymru

Argraffwyd yng Nghymru

FSC www.fsc.org CYMYSGEDD Papur | Yn cefnogi coedwigaeth gyfrifol FSC® C114687

Mae'r gyfrol yn cynnwys iaith gref a rhai themâu aeddfed a all beri gofid, gan gynnwys hunanladdiad.

Pennod 1

Yr unig beth roedd pawb yn y tŷ wedi bod yn siarad amdano'r wythnos honno oedd pen-blwydd Biggsy. Bu trafodaethau trwy'r wythnos ynglŷn â ble fydden nhw'n mynd, pwy fyddai'n ymuno a phwy fyddai'n dod draw i'r tŷ cyn mynd mas.

O glywed y gweiddi lawr llawr, dyfalodd Catrin fod pobl wedi dechrau cyrraedd yn barod ar wahoddiad Biggsy i gael 'small sherry' i ddechrau'r noson.

Canolbwyntiodd wrth gyrlio ei gwallt gan droi pob darn o gwmpas y tongs yn ofalus, cyn ei ollwng i ddatgelu tonnau hir. Gwiriodd ei cholur yn y drych unwaith eto, ychwanegodd ychydig mwy at y llinell ddu o dan ei llygaid, taenodd haenen arall o finlliw dros ei gwefusau, ac roedd hi'n barod. Byddai'n rhaid iddi gofio dychwelyd y tongs i Lauren yn y bore. Ar ei ffordd mas o'r stafell gwnaeth yn siŵr bod ei drws yn cau'n sownd y tu ôl iddi. Doedd hi ddim eisiau dod adref yn hwyr a darganfod person arall yn cysgu yn ei gwely, neu bobl eraill yn gwneud rhywbeth llawer mwy egnïol! Oedd, roedd hynny wedi digwydd iddi yn y gorffennol. Does unman yn sanctaidd pan fydd rhywun yn rhannu tŷ gyda phobl eraill.

Oedodd Catrin am eiliad y tu fas i stafell Elin. Oedd y ffaith ei bod hi'n chwarae cerddoriaeth Gymraeg yn wahoddiad i Catrin roi cnoc ar y drws? Dim ond ers tair wythnos oedd Elin wedi bod yn byw yn y stafell gyferbyn â hi ar y llawr uchaf felly doedd hi ddim yn siŵr o'r rheolau eto. Penderfynodd fynd yn ei blaen i lawr y grisiau a gofyn iddi pwy oedd y band yn nes ymlaen.

Dilynodd Catrin sŵn lleisiau i'r gegin, lle y daeth o hyd i Biggsy yn cario powlen o jeli fodca o'r oergell i'r bwrdd. Roedd rhai o'i ffrindiau yno'n barod, ac roedd y gegin yn llawn diodydd. Sganiodd ei llygaid y stafell – roedd un o gyfeillion Biggsy yn llenwi'i wydr peint o focs o win coch, roedd Lauren yn yfed rhywbeth glas annaturiol trwy welltyn, ac roedd caniau a photeli ym mhob man. Ddaw 'na ddim byd da o yfed rhywbeth glas, meddyliodd Catrin, nac o yfed gwin coch fesul peint chwaith, o ran hynny. Wrth gwrs, doedd dim *small sherry* i'w weld yn unman.

Dyma Liam yn gwasgu heibio iddi gan gario casgen fach o seidr ffrwythau. Roedd hi'n gwybod pan ddeuai hi lawr yn y bore y byddai gwydrau, caniau gwag, cebábs wedi hanner eu bwyta a bocsys pitsas ym mhob man. Bydd yr arogl mwg, cwrw wedi suro a chwys y cyrff a fyddai'n gorwedd ar bob cadair, soffa a gwely'n ddigon i godi cyfog o ben y grisiau. Roedd y fath olygfa mor anochel â chlywed 'Dancing Queen' ABBA ar ddiwedd noson yn y Sportsman, ond doedd dim troi 'nôl nawr.

Aeth hi â'i lager i'r stafell fyw lle roedd Ellie a Kirsty, cariadon dau o ffrindiau Biggsy. Daeth Biggsy ar ei hôl gyda thri gwydraid o jeli fodca yn ei ddwylo. 'Down the hatch!' gwaeddodd, wrth roi un yr un i'r merched a phlygu tuag atyn nhw am gusan ddireidus. Roedd Biggsy'n foi a hanner, ac er y gallai e fod yn 'ormod' weithiau, roedd ganddo galon fawr a gallai wneud i bawb chwerthin nes eu bod nhw'n wan. Cyflwynodd jeli i

Catrin ac estyn am sws pen-blwydd, cyn sylwi arni'n syllu'n syn arno, a meddyliodd eto am y peth, a dawnsio ei ffordd yn ôl i'r gegin, i chwilio am bâr o lygaid llai beirniadol. Fyddai fe ddim yn hir cyn dod o hyd i gusan a chwtsh. Roedd pawb yn hoffi Biggsy, y bechgyn a'r merched. A dweud y gwir, roedd y merched i gyd yn dwlu arno fe, ond, er mawr siom i Biggsy, nid yn y ffordd yna. Roedd Biggsy y math o ddyn yr oedd merched yn hapus i'w gwtshio a dawnsio gydag e a rhannu eu problemau gydag e hyd yn oed. Ond ei dynged, druan, oedd bod yn ffrind, neu'n waeth, yn frawd mawr answyddogol.

Dechreuodd Catrin siarad â'r cariadon am y gwaith, astudio, ffrindiau cyffredin a phobl o'r ysgol. Dyna oedd y drefn. Doedd ganddi ddim lot yn gyffredin gyda nhw mewn gwirionedd, felly dyma holi am hanes hwn a'r llall, pwy sy'n mynd mas gyda phwy, a phwy sydd wedi bod yn shago pwy. Roedd Catrin wastad wedi teimlo nad oedd hi cweit yn ffitio mewn gyda'r merched, a doedd ei phenderfyniad annisgwyl i adael ei swydd saff gyda'r Cyngor yn yr un adran â Biggsy er mwyn dysgu Cymraeg a mynd i wneud gradd yn y pwnc ddim wedi gwneud ryw lawer i helpu gyda hynny.

Dechreuodd obeithio y byddai Elin yn dod i'w hachub. Hon fyddai noson gyntaf Elin mas gyda'r criw ac roedd Catrin eisiau i bopeth fynd yn llyfn. Wedi'r cyfan, ei syniad hi oedd hysbysebu'r stafell wag ar Rhwydwaith Menywod Cymru. Roedd Biggsy, Lauren, Liam a hithau wedi rhannu'r tŷ ers sawl blwyddyn ac yn dod o'r un cwm. Am 'Athrawes 23 mlwydd oed o Dregaron sy'n mwynhau darllen, cymdeithasu a cherddoriaeth Gymraeg', roedd Elin i'w gweld yn iawn mor belled. Doedd Catrin dal ddim yn rhy siŵr sut roedd hi'n teimlo am orfod defnyddio ei Chymraeg yn ei chartref am y tro cyntaf ond roedd hynny'n well na thalu am stafell wag, siawns.

Tarfodd Biggsy ar y sgwrs wrth ddawnsio trwy'r stafell fyw.

'For Elin,' dywedodd, gan godi'r jeli fodca. 'She hasn't come down yet! Time for her to get her party on.' Yna, roedd wedi diflannu gan frasgamu ei ffordd i lan y grisiau tuag at stafell Elin ar y llawr top. Clywodd Catrin ei lais yn galw, 'C'mon, Elin Smelin. You ready or what?' Roedd hi'n gobeithio y byddai Elin yn gallu ymdopi heno. Roedd Tregaron yn swnio fel lle mor barchus.

Pennod 2

Erbyn iddyn nhw gyrraedd y Chapel Bar, un o gapeli mawr y cwm a drowyd yn dafarn, roedd hi'n brysur, ac roedden nhw'n gallu clywed y gerddoriaeth a synau gweiddi a chwerthin o'r tu fas. Wrth iddyn nhw wthio eu ffordd i mewn trwy'r drysau pren trwm, cawsant eu bwrw gan y gwres. Roedd llwyth o bobl yno, ond roedd un bwrdd gwag yn y cefn, ar bwys y bwrdd pŵl. Gwnaethant eu ffordd heibio i bobl, gan symud o'r naill ochr i'r arall, gyda'r 'Scuse me, girls!', neu 'Hiya butt, how's it going?' achlysurol. Roedd digon o le iddyn nhw wasgu i mewn i'r hen fainc bren, gydag eraill yn eistedd ar lond llaw o stolau ar ochr arall y bwrdd. Roedd 'na rywbeth eithaf cynnes a chlyd am eistedd ar y fainc hir gyda'i gilydd, a atgoffodd Catrin o fod 'nôl yn *assembly* yn yr ysgol. Roedd golwg reit fodern ar y bar, ond hefyd, roedden nhw wedi cadw llawer o waith pren gwreiddiol y capel, a'i uwchgylchu i greu'r bar a llefydd i eistedd.

Diflannodd y rownd gyntaf yn gyflym, rhwng y sgwrsio a gwylio gemau pŵl y bechgyn. Safodd Lauren, a chyhoeddi ei bod yn mynd i'r bar am rownd arall. Tynnodd Catrin ddeg punt o'i phwrs a'i rhoi i Lauren gan ddweud, 'Get us some shots as well, and bring one for Biggsy!' Wrth aros am Lauren, aeth Catrin i'r tŷ bach. Golchodd ei dwylo ac edrych yn y drych. Gwallt, iawn. Colur llygaid, iawn. Minlliw, angen sylw. Tynnodd Catrin ei minlliw o'i bag, a rhoi haenen arall ar ei gwefusau'n ofalus. Chwaraeodd â thonnau ei gwallt a rhedeg ei bysedd trwyddo. Tynnodd gwpl o'r cwrls i'r blaen, er mwyn creu ffrâm o amgylch ei hwyneb. Yng nghornel ei llygad, gwelodd hi rywun arall yn dod i mewn, ac wedyn, yn galw ei henw. Cododd ei phen.

'Catrin Griffiths, girl!'

'O hiya, Kate!' Ceisiodd Catrin swnio'n gyfeillgar wrth gyfarch y ferch a oedd wedi bod yn yr ysgol gyda hi. 'How's things? Haven't seen you for years!'

'Alright, love. How are you? What you up to these days?'

Esboniodd Catrin ei bod hi'n dal i fyw yn y dref ac yn astudio Cymraeg yn y brifysgol ers cael blas ar ddysgu'r iaith pan yn gweithio gyda'r Cyngor. Gwelodd hi olwg o ddifyrrwch yn lledu dros wyneb Kate wrthi iddi siarad.

'Welsh? So where are you gonna get a job then?'

Dechreuodd Catrin esbonio am ddatblygu'i hyder a'i sgiliau ieithyddol ac adeiladu rhwydwaith o bobl yn ei maes, sef y Gymraeg, ond roedd Kate wedi colli diddordeb erbyn hyn, a dechreuodd siarad am ei *bloke* a'i phlant a'u gwyliau yng ngorllewin Cymru. Roedd golwg deg mlynedd yn hŷn na Catrin ar Kate – y gemwaith aur, y gwallt 80au enfawr, y ffrog yn disgleirio fel addurn Nadolig.

Ffeindiodd Catrin ei hun yn amddiffyn dewisiadau ei bywyd, a hyn wyneb yn wyneb ag un o ferched mwyaf di-nod a lleiaf uchelgeisiol ei dyddiau ysgol, rhywun nad oedd hi wedi'i gweld ers bron i ddeng mlynedd, ac roedd hi'n teimlo'n dwp wrth glywed ei hun yn siarad – 'my field of interest'. Oedd hi *actually* wedi dweud y geiriau 'na mewn toiled tafarn?

Estynnodd Catrin am y drws i fynd mas, a Kate yn dal i

glebran am ei phlant, cyn cynnig gair o gyngor i Catrin ar y mater: 'Well, don't leave it too long will you? Tick tock!' gan dapio ei horiawr. A chyn i Catrin gael siawns i'w hateb, roedd hithau wedi diflannu i mewn i'r ciwbicl, a dyna lle roedd Catrin ar ei phen ei hun yn nrws y tŷ bach, yn teimlo'n hollol ddigalon. Syllodd ar y drws roedd Kate wedi'i gau y tu ôl iddi, a'r gair 'bitch' roedd rhywun wedi crafu arno gydag allwedd. Ie, dyna hi, blydi bitch, meddyliodd Catrin. Sut oedd rhywun nad oedd hi wedi ei gweld ers dyddiau ysgol wedi gwneud iddi deimlo mor ofnadwy amdani hi ei hun? Roedd hi'n teimlo fel merch ysgol eto, fel pe bai newydd gael pryd o dafod gan un o'r athrawon, a'r dosbarth cyfan yn chwerthin am ei phen. Beth oedd mor rhyfeddol am fywyd Kate, beth bynnag? Cwpl o blant anystywallt a gwyliau mewn carafán oer yng Ngheinewydd. Efallai bod Kate yn genfigennus o'i rhyddid a'i bywyd llawn dewisiadau, ei dyfodol o'i blaen, ei huchelgais. Wedi'r cyfan, beth gebyst oedd o flaen Kate nawr? Mynd â'r epil i'r ysgol bob dydd, glanhau'r tŷ, a rhyw *missionary position* penwythnosol, gyda'i gŵr di-lun. Roedd hi'n fodlon ei byd. Châi Kate ddim newid hynny.

Cerddodd i lawr y coridor yn ôl at fwrlwm y dafarn. Agorodd y drws i mewn i'r bar a sylweddoli pa mor llawn a pha mor swnllyd oedd y lle. Gwelodd Elin ynghanol ei ffrindiau'n siarad ac yn chwerthin. Wrth iddi gerdded tuag at y criw, gallai bron â theimlo gwrid eu cyfeillgarwch yn ei chynhesu. Y rhain oedd ei phobl hi, meddyliodd, a thwll tin i Kate a'i charafán. Yn sydyn, neidiodd Catrin gan darfu ar ei synfyfyrio, diolch i sŵn rhuo mawr y tu ôl iddi. Trodd a gweld Biggsy yn gorwedd dros y bwrdd pŵl, wedi'i lethu gan ffug alar, a Liam yn dathlu ar ôl iddo ei guro. Daliodd Liam ei giw pŵl uwch ei ben yn ei ddwy law, fel ei fod newydd ennill teitl Pencampwr Pwysau Trwm y

Byd. Trodd Catrin yn ôl gan chwerthin.

Daliodd Catrin lygaid Elin, a oedd yn amlwg wedi ymlacio ar ôl diod neu ddau. Sylwodd ar ei gwydr gwag, a gwneud arwyddion dere-i'r-bar iddi. Nodiodd ei phen a daeth ati â'u gwydrau gweigion. Mynnodd Elin mai hi oedd yn prynu'r rownd nesaf. Ar ôl ychydig o brotestio gan Catrin, ildiodd gan adael Elin i fynd at y bar. Difarodd yn syth bron wrth weld Elin yn siarad, ychydig yn rhy agos ac ychydig yn rhy hir gyda Harry Hyfryd, y bachgen golygus y tu ôl i'r bar. Roedd Catrin wedi ffansïo Harry o bell ers sbel. Roedd yn dal ac yn denau, roedd ganddo fe fop o wallt du cyrliog ac roedd e'n siarad Cymraeg. Cyn heno credai Catrin fod 'na ryw sbarc chwareus rhyngddi hi a Harry wrth iddi ymarfer ei Chymraeg gydag e wrth brynu diod, ond o'i weld gydag Elin a oedd yn siarad Cymraeg yn gyflym gydag e, efallai mai ffrwyth ei dychymyg oedd y sbarc hwnnw.

Wrth i Elin ddychwelyd gyda'r diodydd, soniodd bod Harry'n mynd i ymuno â nhw yn y Sportsman ar ôl iddo orffen am hanner awr wedi un ar ddeg. Gwenodd Catrin yn frwd gan wichian 'Gwych!' ychydig yn rhy uchel er mwyn cuddio'i siom. Roedd hi'n amlwg mai nid dim ond llyfrau a cherddoriaeth Gymraeg oedd yn mynd â bryd Elin wedi'r cyfan.

Igam-ogamodd Biggsy ei ffordd yn ôl o'r tai bach, a stopiodd wrth ochr Catrin ac Elin a rhoi ei freichiau amdanynt.

'How's my girls, then? You're one of us now Elin Smelin! Epic night out, fair play.'

Tynnodd Catrin lewys Biggsy, 'Biggs, your song's on!'

Daeth gwên hurt drosto, a chan ddynwared Freddie Mercury, gafaelodd yng nghiw pŵl Liam a dechrau strytio o gwmpas y lle a chanu i gyfeiliant y jiwcbocs. Chwarddodd y ddwy ferch, ac eistedd yn ôl i fwynhau'r sioe. Dyna lle'r roedd Biggsy nawr yn neidio lan ar y sìl ffenestr, ac yn estyn i ganu i mewn i'r ciw pŵl! Roedd pawb yn chwerthin, wrth gwrs, ond roedd 'na rywbeth am weld Biggsy â'i lygaid ar gau, ei ddwrn yn yr awyr, yn canu mor angerddol, fel petae ar lwyfan Wembley Stadium, wnaeth y cyfan hyd yn oed yn fwy doniol!

Edrychodd Elin ar Catrin ac ailadrodd geiriau Biggsy, 'Fair play. Epic night out!' cyn chwerthin ac edrych i gyfeiriad Harry y tu ôl i'r bar.

Pennod 3

Ar ôl treulio awr neu ddwy yn y Sportsman, roedd y giang wedi gwneud eu ffordd ar hyd y dref yn ôl at y tŷ, ac roedd Catrin ac Elin wedi cofio galw yn y Chapel am Harry. Mewn gwirionedd, doedd dim peryg iddyn nhw anghofio, gan fod Elin wedi sôn amdano fe o leiaf tair gwaith ers gadael y lle. Gan fod y tri ohonyn nhw bellach y tu ôl i weddill y grŵp, gallen nhw weld pawb arall o'u blaenau yn ymlwybro i lawr y palmant, bob yn dri neu bedwar. Pwysleisiai distawrwydd y nos pa mor swnllyd oedden nhw hefyd. Yn ystod y dydd, byddai'r dref ei hun yn swnllyd, gyda cheir a bysiau a phobl â'u bagiau siopa yn gwibio o un lle i'r llall. Ar ôl i'r siopau gau, fyddai neb o gwmpas. Fyddai dim rheswm i fynd i'r dref, ar wahân i fynd i'r Chapel Bar, neu'r Lamb, efallai. Doedd dim bwytai na chaffis, ac ers i'r sinema gau, doedd dim byd arall i'w wneud yno. Gallai'r tri glywed pytiau o sgyrsiau a chanu achlysurol, ac wedyn Liam yn bytheirio a phawb yn chwerthin. Taflodd Catrin gipolwg ar Harry druan, yr unig un sobor ymhlith y criw o feddwon.

'Paid â phoeni, Harry,' cysurodd Catrin. 'Mae gan Biggsy jeli fodca yn y tŷ, ac mae llwyth o bŵs yno. Byddi di'n sorted nawr.'

'Dim probs,' atebodd. 'Des i â hwn o'r gwaith,' meddai gan dynnu potel o lager o boced ei got.

Erbyn iddyn nhw gyrraedd y tŷ, roedd Biggsy wedi rhoi ei *playlist* enwog ymlaen, ei hoff ganeuon o bob degawd, o'r 60au hyd at heddiw. Roedd y rhan fwyaf o bobl yn eistedd neu'n sefyll yn y lolfa, yn sgwrsio ac yn agor caniau a photeli. Wrth i Catrin gyrraedd y gegin, gwelodd fod Biggsy erbyn hyn yn dynwared Mick Jagger, wrth iddo ddawnsio a chanu ynghyd â 'Paint it Black' gan The Rolling Stones. Aeth hi i nôl jeli fodca i Harry.

Ymunodd Catrin gydag Elin yn y lolfa, a hithau ynghanol sgwrs gyda Liam a Harry. Doedd Elin heb drafferthu troi i'r Saesneg o flaen Liam ers iddi ddeall ei fod yn gyn-ddisgybl yn yr ysgol Gymraeg lle roedd hi'n dysgu. Roedd hi'n traethu am fanylion ei chyfarfod staff cyntaf. Syllodd Catrin arni mewn anghrediniaeth. Roedd hi'n amlwg fod gan Elin, a'i gwên hawddgar, allu naturiol wrth swyno dynion, hyd yn oed gyda stori mor sych.

Dywedodd Harry ei straeon am y dafarn; y meddwon, yr hen fenywod yn ei gwrso fe, yr holl droeon y bu'n rhaid iddo fe stopio dynion rhag pwnio ei gilydd. Gwnaeth Catrin ac Elin ymdrech i chwerthin yn y llefydd priodol a gofyn cwestiynau. Trodd y sgwrs at gêm Cymru, felly gadawodd y merched Harry a Liam i drafod goblygiadau Cymru'n colli, gan esgus eu bod am nôl snacs o'r gegin.

Daeth Catrin ac Elin yn ôl gyda phowlen o greision a thwb o Twiglets a'u rhoi ar y bwrdd coffi.

'How long have you been single then, Cat?' gofynnodd Liam.

'O ble ddaeth hwnna nawr?' holodd Catrin.

'A pham y diddordeb?' gwawdiodd Elin.

'No reason. Just asking!' a gwenodd e tuag at Harry, oedd â golwg anghyfforddus ar ei wyneb.

Roedd mwy na blwyddyn a hanner wedi pasio ers iddi hi a Tim wahanu. Wrth i'r sgwrs droi at fywyd rhamantaidd Liam, diolch i'r drefn, dechreuodd meddwl Catrin grwydro. Teimlai ar goll ar ôl gwahanu oddi wrth Tim, fel petai twll gwag enfawr y tu mewn iddi. Roedd e'n ddigon neis, ar y pryd, ond a *bit of a knob*, wrth edrych yn ôl. Ers iddyn nhw wahanu, roedd y brifysgol wedi llenwi'r bwlch, fel petae, fel rhywbeth i ganolbwyntio arno fe. Rhywbeth oedd yn perthyn iddi hi ei hun heb ei fewnbwn fe, dim barn, dim sylw. O leiaf nawr roedd ganddi'r rhyddid i fynd mas i'r dafarn a mwynhau ei hunan fel menyw sengl, nid ei bod ni'n cael llawer o lwc chwaith.

Sylweddololodd ei bod wedi colli rhediad y sgwrs rhyngddi hi, Elin a'r bechgyn. Gwenodd a cheisio gwrando ar beth roedd Harry yn ei ddweud. Rhyw stori ddoniol am y Chapel oedd hi, felly chwarddodd yn y lle cywir, er mwyn osgoi codi cywilydd arni hi'i hun. Roedd Elin yn gor-wneud y chwerthin ychydig, er budd Harry Hyfryd wrth gwrs.

'Right, how about a breath of fresh air?' awgrymodd Liam, gan dynnu pecyn o bapur Rizla o'i boced.

'Angen tŷ bach yn gyntaf!' cyhoeddodd Catrin, gan afael ym mraich Elin a'i thynnu lan y grisiau.

Yr ochr arall i ddrws y stafell ymolchi, roedd cyfle i'r merched bwyso a mesur sefyllfa Harry.

'Wel, beth wyt ti'n feddwl? Wyt ti'n meddwl bod e'n ffansïo fi?' gofynnodd Elin yn eiddgar.

'Mae'n dy ffansïo di, yn bendant! Nawr, cer mas, er mwyn i fi biso!'

Caeodd Catrin y drws ac edrych yn y drych. Roedd breuddwydio am Harry wedi bod yn hwyl ond os mai Elin oedd e'n ei ffansïo, doedd dim llawer y gallai hi ei wneud am hynny.

Lawr llawr, roedd pawb yn dal i siarad ac yfed yn y lolfa, ond roedd hi'n fwy swnllyd nawr. Edrychodd Catrin o gwmpas y stafell, ond nid oedd golwg o Harry na Liam.

'Mas y cefn, siŵr o fod. Gewn ni ddiod a mynd mas, ie?'

Ffeindiodd y merched Harry a Liam yn eistedd ar y wal fach ym mhen draw'r ardd. Eisteddodd Catrin wrth ochr Liam, felly'r unig le i Elin eistedd oedd wrth ochr Harry.

Cynigiodd Liam sbliff i Catrin. Cymerodd hi fe, tynnu arni a phesychu.

'Jesus, Jones, beth yffach sydd yn hwn?'

Cymerodd Liam y sbliff yn ôl.

'Green innit? Un o'r bois yn gwaith fi yn cael stwff i fi o Abertawe.'

Rhoddodd e gynnig i Harry, a wrthododd, ac i Elin, a siglodd hithau ei phen hefyd.

'Sut wyt ti mor *obsessed* gyda'r *gym* a chadw'n heini a bwyta'n iach, ond ti'n smocio hash hefyd?' gofynnodd Elin.

'Wel, y peth yw,' dechreuodd Liam yn ddoeth, 'mae canabis yn tyfu ar y ddaear, a mae pobl wedi defnyddio fe ers fel *centuries*. Planhigyn yw e. A dyw e ddim mor wael â smygu sigaréts, achos ti'n afoido lot o'r *chemicals*.'

Parhaodd Liam i dynnu ar y sbliff. Teimlodd Catrin gryndod yn dod drosti'n sydyn.

'God, mae'n oer nag yw e?' a symudodd yn agosach at Liam nes i'w coesau gyffwrdd. Gwyddai Liam nad oedd hynny'n golygu dim byd. Dim ond ffrindiau oedden nhw. Gwnaeth Elin yr un peth gyda Harry, a rhoddodd e fraich o gwmpas ei hysgwydd. Siaradodd y pedwar am hyn a'r llall nes i Elin ddechrau cwyno nad oedd hi'n gallu teimlo bysedd ei thraed.

'Ti moyn mynd mewn?' gofynnodd Harry.

'Ydw,' atebodd. 'Dwi'n mynd lan i nôl siwmper nawr,' a diflannodd y ddau.

Parhaodd Catrin a Liam i falu awyr yn yr ardd, gan edrych

ar y lleuad yn codi ar gefndir yr awyr ddu.

'Lot of stars tonight,' sylwodd Liam, gan bwyso'n ôl i edrych lan ar y sêr.

'Paid â chwympo nawr, Li! Dyna pam bod hi mor oer,' atebodd Catrin. 'Dim cymylau i gadw'r gwres mewn.'

'Look,' pwyntiodd Liam at yr awyr dros fynydd y Graig. 'There's the sosban.'

Chwarddodd Catrin, a dilyn cyfeiriad bys Liam oedd yn pwyntio at y sêr.

'Oh yeah! You do know it's not called "the sosban" really, right?'

'Well, the big dipper, the big bear, whatever it is. It looks like a sosban anyway.'

'How come you don't speak Welsh to me then, Li?'

Cododd Liam ei ysgwyddau. Byddai Catrin wedi bod yn yr un dosbarth â Liam pe bai ei rhieni wedi ei hanfon i'r ysgol Gymraeg. Ond roedd y bws i'r ysgol Saesneg yn pasio eu tŷ nhw, felly dyna ni. Roedd penderfyniad mor ymarferol gan ei rhieni wedi newid llwybr ei bywyd. Roedd hi wastad yn teimlo bod rhan ohoni ar goll gan nad oedd hi'n siarad Cymraeg. Doedd hi ddim yn siŵr beth yn union. Y cysylltiad gyda'i mam-gu efallai? Doedd e ddim yn help fod ganddi enw Cymraeg a bod pobl yn aml yn cymryd yn ganiataol ei bod hi'n rhugl. Pan ddaeth cyfle i wneud sesiynau blasu Cymraeg am ddim tra oedd hi'n gweithio yn y Cyngor, edrychai ymlaen yn fwy at y gwersi hynny nag unrhyw beth arall am ei swydd. Roedd ei rhieni yn meddwl ei bod hi'n wallgo yn defnyddio'r arian gafodd hi ar ôl ei mam-gu i ganiatáu iddi adael ei swydd a cheisio gwneud gradd yn y Gymraeg, ond byddai ei mam-gu wedi bod wrth ei bodd. Wel, dyna roedd hi'n obeithio o leiaf. Roedd hi mor hwyr i'r parti, ond o leiaf roedd hi yno.

‘Dunno, it just feels stupid. There’s no point is there? In the house we just all speak English to each other, don’t we?’

‘Mae Elin a fi’n siarad Cymraeg gyda’n gilydd.’

‘Ie, ond mae Cymraeg Elin yn rili dda, a ti’n gwbod geiriau hir a pryd i dreiglo a popeth, ond mae’n jyst rhy anodd i fi, mae’n gwneud i fi teimlo’n *stupid*. It just feels fake.’

Teimlodd Catrin ddarn bach o’i chalon yn torri. Ceisiodd esbonio i Liam pa mor galed roedd hi wedi gweithio i siarad Cymraeg mor rhugl â fe, a’i bod hi hefyd yn teimlo’n crap o’i gymharu ag Elin, ond siarad oedd y peth pwysig. Dechreuodd sôn mor ofnadwy oedd hi fod cymaint o bobl yn eu hardal nhw wedi colli’r iaith. Dim ond achos ei bod hi’n ‘haws’ siarad Saesneg, neu’n ‘fwy cyfleus’.

Erbyn hyn, roedd Liam wedi rolio sbliff bach arall. Cododd Catrin ael ato fe.

‘Just a shorty,’ dywedodd e.

Trodd ei ben i ffwrdd a chwythu’r mwg i awyr glir y nos. Gwelodd Catrin olwg anghyfforddus ar ei wyneb.

‘Mae’n wahanol i ti, reit,’ parhaodd e. ‘Est ti ddim i ysgol Gymraeg, so mae Cymraeg yn rhywbeth hyfryd i ti. Ti’n dwlu arno fe. Ond i fi, roedd e’n anodd. Do’n i ddim yn dda yn yr ysgol, doedd neb arall yn siarad Cymraeg gyda fi tu fas i’r ysgol, dyw teulu fi ddim yn siarad Cymraeg, do’n i ddim yn mwynhau ysgol, ac mae’n well ’da fi beidio siarad Cymraeg. Dwi wedi anghofio lot erbyn hyn, *anyway*.’

Dechreuodd y gwynt godi, a chwyrlïodd gwallt Catrin o’i chwmpas ac i’w cheg. Roedd gwallt byr Liam yn ddigyffro, fel cerflun wedi’i ludo gyda gel.

‘I’m off now,’ dywedodd Liam. ‘Want this?’

Cynigiodd e’r sbliff i Catrin.

‘Pam lai?’ a derbyniodd y sbliff oddi wrtho fe. Cerddodd hi

lawr y llwybr tuag at y tŷ gyda Liam. 'Dwi'n mynd i eistedd ar y gadair 'ma, mas o'r gwynt,' a thynnodd hi gadair o dan fwrdd pren tu fas i'r gegin.

'See you in a bit,' galwodd Liam dros ei ysgwydd.

Tynnodd Catrin ei phengliniau lan ar y gadair, a thynnu'i llewys dros ei dwylo. Gallai hi glywed y Spice Girls yn atseinio o'r lolfa, a phytiau o sgyrsiau, chwerthin a gweiddi. Roedd rhywun yn fflyshio'r toiled lan llofft. Teimlodd yn euog am wneud i Liam deimlo'n shit am ei Gymraeg. Teimlai hithau'n shit nawr hefyd. Tynnodd hi ar y sbliff a thynnodd wyneb wrth wneud. Roedd e yn gryf. Estynnodd ei phen yn ôl a gweld bod golau stafell wely Elin ymlaen. Mae hi'n cymryd amser hir i ddewis siwmper, meddyliodd Catrin. Tynnodd ar y sbliff a dechrau teimlo pinnau bach ar ei hwyneb. Dyma lle roedd hi eto, ar ei phen ei hun. Meddyliodd am Elin lan llofft gyda Harry a theimlo ton fach o genfigen. Meddyliodd eto am Liam. Doedd hi ddim eisiau gwneud iddo fe deimlo'n anghyfforddus, ond serch hynny, roedd hi wedi gwneud i'w ffrind deimlo'n dwp ac yn ffŵl, yn israddol, fel roedd hi'n teimlo'n dwp o'i chymharu ag Elin, gan nad oedd ei Chymraeg hi'n ddigon da. Oedd, roedd hi'n dwlu ar y Gymraeg, ond weithiau roedd siarad yr iaith yn teimlo fel cystadleuaeth flinedig, cystadleuaeth lle nad oedd unrhyw un yn sicr am y rheolau, na phwy oedd ar y blaen. Dyw *so-and-so* ddim yn treiglo, geiriau Saesneg yw hanner ei Gymraeg e. Roedd hi mor rhwystredig. Byddai hi wastad eisiau dathlu'r Gymraeg, a mwynhau'r cyfleoedd newydd y deuai ar eu traws. Ond yn lle hynny, heno teimlai fel ei bod wedi defnyddio'r iaith fel ffon i guro'i ffrind. Clywodd ddrws y cefn yn agor a Lauren yn sefyll yn yr adwy yn agor a chau'r drws fel gwyntyll.

'Stinks in here. What you doing out here by yourself?'

'Just finishing this.'

'Where's Elin?'

'Upstairs with Harry.'

'Bloody hell. I thought Elin's knickers were nailed on,' meddai Lauren cyn troi ar ei sawdl i estyn diod arall.

Cododd Catrin o'r gadair. Roedd ffenestr y lolfa yn llawn stêm gan fod cynifer o bobl yn dal i fod yn y y tŷ. Roedd pen Catrin yn chwyrlïo, a gallai deimlo curiad y gerddoriaeth yn atseinio trwy'i chorff. 'There's more to life than this, there's more to life than this.' Daeth geiriau'r gân trwy'r drws i blagio meddwl Catrin.

'Probably,' mwmiodd, 'ond fuck knows what,' a thaflodd y sbliff i lawr a'i gwasgu o dan ei throed, gan deimlo'n gwbl ddiflas.

Camodd drwy'r drws cefn a gadael i'r sŵn a'r gwres ymosod ar ei synhwyrau. Roedd y golau mor llachar ar ôl bod mas yn yr ardd, a'r gegin mor boeth. Roedd sŵn y gerddoriaeth a'r gweiddi'n ormod iddi a difarai smocio'r sbliff erbyn hyn. Yn simsan, gwnaeth ei ffordd trwy'r dorf o gyrff a dringo yr holl ffordd lan y grisiau nes iddi gyrraedd y llofft. Wrth iddi chwilio am allwedd ei stafell yn y tywyllwch, sylwodd ar y golau'n dod o dan ddrws Elin. Wel, roedd rhywun yno, meddyliodd. Dau ohonyn nhw efallai. Doedd hi ddim yn cofio gweld Elin na Harry lawr llawr pan oedd hi ar y ffordd lan, felly pwy a ŵyr? Doedd dim angen iddi boeni am Elin yn setlo. Roedd hi'n amlwg yn teimlo'n ddigon cartrefol yn eu plith.

Pennod 4

Ar ôl yr haf hir a digon diog roedd dechrau'n ôl yn y brifysgol wedi bod yn sioc i'r system. Oni bai am ei swydd ran amser yn ffonio pobl o gartref i ofyn iddyn nhw gwblhau holiaduron am hyn neu'r llall, a'r holl gyffro ynghylch pen-blwydd Biggsy, roedd hi wedi bod yn ddigon tawel arni. Doedd Catrin ddim wedi codi'n gynnar ers misoedd, felly teimlai deffro toc wedi saith y bore fel deffro yng nghanol y nos. Dim ond Elin oedd ar ei thraed pan fentrodd hi lawr y grisiau.

'Bore.'

'O, haia Cat. Ie, mae hi'n fore.'

'Alla i ddim dweud bore "da", felly dim ond "bore".'

'Bydd hi'n dda, gei di weld.' Rhoddodd Catrin y tegell ymlaen ac estyn lan i'r cwpwrdd i nôl ei chwpan teithio. 'Ti isie paned? Dwi'n mynd ag un gyda fi yn y car nawr.' Gadawai Elin yn gynnar bob bore i fynd i'r ysgol, cysyniad erchyll i Catrin. Roedd codi am hanner awr wedi saith yn ddigon o her iddi, heb sôn am adael y tŷ bryd hynny.

Heb dderbyn ymateb o gwbl i'w chynnig am baned, trodd Elin rownd a gweld Catrin gyda'i phen ar y bwrdd, ei llygaid ar gau, yn nodio'n wan.

'O, cariad!' chwarddodd Elin a'i llais yn llawn ffug gydymdeimlad.

Gwnaeth Elin y paneidiau, a rhoi un o flaen Catrin. Agorodd ei chwpwrdd a chymryd dau KitKat. Rhoddodd un yn ei bag gwaith, a sleifiodd un ar draws y bwrdd at Catrin.

'Dyna ti, KitKat, Cat.'

'O mam bach, dwi'n dy garu di gymaint y bore 'ma, El.'

'Wrth gwrs! Hei, well i ti frysio os wyt ti am gael cawod cyn i'r lleill godi. Gwela i di heno!' a gadawodd hithau, gan godi'i phecyn bwyd a'i phaned ffres. Am ddarlun o *togetherness*, meddyliodd Catrin.

Llwyddodd Catrin i gael cawod mewn pryd, ac erbyn iddi fynd yn ôl lawr llawr roedd pawb arall wedi codi. Gyda'i gwallt yn dal yn wlyb, chwiliodd am allweddi ei char.

'Kitchen table!' galwodd Biggsy o'r gegin. Rhuthrodd Catrin i'r gegin a'u codi.

'Cheers, Biggs.'

'You going out with your hair like that?' gwawdiodd Biggsy, gan edrych ar ei gwallt gwlyb anniben, a thaflu cip ar Liam am gadarnhad.

'No,' a hongiodd ei phen ben ei waered, siglo ei gwallt gyda'i bysedd, ei droelli o gwmpas ei hun a'i glymu gydag elastig. Cododd ei phen, 'Ta-da! Perfect bun. See you, losers!'

* * *

Roedd hi ychydig yn oer wrth i Catrin yrru i lawr y cwm y bore hwnnw, a dylai fod wedi dod â chot gynhesach gyda hi. Trodd y gwresogydd lan a rhwbio ei dwylo yn erbyn ei gilydd. Efallai y byddai hi wedi cynhesu dipyn erbyn iddi gyrraedd y brifysgol. Edrychodd lan i'r awyr a gweld dim ond cymylau llwyd, ac ar ôl munud neu ddwy, dechreuodd diferion cyntaf y glaw. Symudodd y traffig yn araf i lawr y cwm, a hwnnw wedi'i guddio gan lwydni'r cymylau a'r nwyon o'r ceir. Roedd gan bawb yr un nod adeg yma'r bore, cyrraedd Caerdydd neu Gaerffili a'r gweithle, neu yn achos Catrin, y brifysgol. Tywyllodd yr awyr eto, cyn i glec gyntaf y taranau dorri ar draws y cwm.

Parhaodd hi i lawr y briffordd, yr unig ffordd, i lawr y cwm, ac wrth iddi adael clawstroffobia'r strydoedd cul a'r tai teras di-ri, dechreuodd y gorwel ehangu ychydig; llai o dai, mwy o siopau a swyddfeydd, ond gyda phresenoldeb y cymylau llwyd a'r glaw o hyd uwch ei phen. Wrth i'r taranau rymial uwchben, teimlodd Catrin rymial yn ei bola, a sylweddolodd nad oedd hi wedi cael brecwast, dim ond KitKat Elin. Estynnodd ei braich i mewn i ddyfnder ei bag, nes iddi afael ar becyn o rywbeth. Llawenydd pur, pecyn o Monster Munch. Cofiai hen eiriau Mam-gu: 'breakfast is the most important meal of the day'. Cytunodd gant y cant, wrth i'r angenfilod bychain blasus lenwi'i cheg.

Gallai taith y bore fod mor ddiflas weithiau, ond mwynheai ei gêm o 'bingo pobl', a chael gweld pawb ar eu ffordd i'r gwaith a'r ysgol. Byddai hi'n bendant yn cadw llygad mas am yr un bobl bob bore y tymor yma hefyd, yn enwedig y Dadi hot a welai hi yn mynd â'i blant i'r ysgol.

Diolch i'r traffig, a'r lorri sbwriel roedd maes parcio'r brifysgol bron yn llawn erbyn iddi gyrraedd. Dim ond cwpl o lefydd oedd ar gael, ben draw'r maes parcio. Cyn gadael y car, perfformiodd hi'r un ddefod ag arfer gan sicrhau bod popeth ganddi – tocyn parcio, ffôn, pwrs, minlliw, bag, gan daro pocedi ei jîns a phocedi ei chot. Roedd hi'n olygfa ryfedd, fel pe bai hi'n gwneud fersiwn rhyfedd o'r 'Macarena'. Gadawodd y car.

'Hanner ffordd i blydi Timbuktu eto,' meddyliodd, a dechrau cerdded tuag at y brifysgol, oedd yn ymddangos fel brycheuyn yn y pellter erbyn hyn. O leiaf roedd y glaw wedi cilio, a gallai weld pelydryn o haul yn tywynnu trwy'r bylchau yn y cymylau trwchus.

Roedd hi'n gwybod yn iawn y byddai ei hwythnos gyntaf 'nôl yn y brifysgol yn flinderus mewn rhai ffyrdd, ond mewn gwirionedd roedd hi'n edrych ymlaen. Teimlai fel rhywbeth a oedd yn llesol iddi, yn yr un modd ag yr âi Liam i'r gampfa, ond yn llai chwyslyd, a gyda dillad neisach. Ie, llesol, ond i'r meddwl yn hytrach nag i'r corff.

Byddai rhywbeth braf am fod yn ôl yn y dosbarth. Byddai yna gysur yn y patrymau gramadegol cyfarwydd, y treigladau, amserau'r berfau. Y peth da am fod yn y brifysgol yw bod pobl eraill yno sy'n hoffi geiriau, hoffi darllen a hoffi ieithoedd. Er ei bod hi'n meddwl y byd o Lauren ac yn mwynhau eu nosweithiau ffilm a'u sgyrsiau am golur a bechgyn, yn y brifysgol doedd dim angen teimlo cywilydd am bethau fel darllen a dangos diddordeb mewn gramadeg. Doedd dim angen iddi ymddiheuro am fod yn boring, neu deimlo'n euog am ddarllen llyfr pan fod pawb arall yn gwylio'r teledu. Roedd pobl mor *nerdy* yn y brifysgol fel y gallai Catrin deimlo'n eithaf cŵl wrth gymharu ei hun â nhw.

Wrth iddi gerdded trwy'r campws roedd hi'n falch nad oedd angen iddi ddefnyddio'r ymbarél wedi'r cyfan, ac erbyn iddi gyrraedd adeilad ei hadran, roedd cymylau trwm y bore wedi diflannu i ddatgelu awyr las brydferth a chymylau gwlân cotwm. Gwthiodd ei ffordd trwy dyrfa o fyfyrwyr a oedd yn aros am eu darlith nesaf, a cherdded yn gyflym.

Camodd Catrin i mewn i'r lifft, cyrraedd y pumed llawr a gweld grŵp o'i chyd-fyfyrwyr yn aros tu fas i'r dosbarth. Dywedodd hi 'helô' wrth ambell un, gan estyn am ei ffôn, ac esgus mynd trwy'i negeseuon. Byddai'n well ganddi hi beidio â dechrau sgwrs gyda'r grŵp yna heddiw. Roedd y merched i gyd yn Welshies go iawn, yn adnabod yr un bobl, yn mynd i'r un llefydd; proper Cymraeg. Roedd eu bydoedd nhw yn teimlo fel planedau gwahanol i Catrin, felly cadwai ei hun iddi hi'i hun heddiw. Eleni byddai'r ail ieithwyr a'r Welshies go iawn yn cael eu darlithoedd i gyd gyda'i gilydd ar ôl cael rhai sesiynau ar wahân yn y flwyddyn gyntaf a'r ail flwyddyn. Er mai dod â phawb at ei gilydd a chreu cymuned oedd y nod, eisteddent ar ochrau gwahanol i'r stafell ddosbarth fel ffans *home* ac *away* timau pêl-droed.

Weithiau, byddai hi'n ymuno â sgwrs rhwng rhai o'r merched o deuluoedd Cymraeg, a hanner ffordd trwy'r sgwrs, byddai'n colli'r trywydd, a byddai eto ar goll yn ei heniaith newydd. Wrth gwrs, ni allai ddangos ei bod hi'n methu deall, felly byddai'n nodio ei phen, yn cydio yn y geiriau y byddai hi yn eu deall. Trwy gydol y profiad anghyfforddus, byddai'n meddwl plis, paid â gofyn cwestiwn i fi, paid â gofyn fy marn, paid ag edrych arna i hyd yn oed! Does gen i ddim syniad am beth wyt ti wedi bod yn siarad amdano fe yn y pum munud diwethaf!

Erbyn i'r darlithydd agor y drws, roedd y rhan fwyaf wedi cyrraedd. Llifodd pawb i mewn i'r stafell, a llenwyd y cadeiriau a'r desgiau gyda phobl, gliniaduron, bagiau a diodydd. Daeth yr ail ieithwyr eraill i mewn gan siarad yn uwch, ac yn Saesneg. Eisteddodd pawb, a dechreuodd y darlithydd baratoi ei sleidiau ar y sgrin fawr.

'Bore da, bawb. Pawb yn iawn?' dechreuodd. Atebodd neb, wrth gwrs. Er gwaethaf ymdrechion Dr Iestyn i ennyn brwdfrydedd ac unrhyw fath o ymateb o gwbl, doedd dim yn tycio. 'Ar ôl adolygu rhai o batrymau gramadegol y tymor diwethaf, dwi'n mynd i fod yn garedig â chi'r bore 'ma. Wel, am yr hanner awr gyntaf, ta beth. Fel y gwyddoch chi, mae'r Eisteddfod Genedlaethol yn dod i Gaerdydd y flwyddyn nesaf, a dwi am i chi i gyd gystadlu!'

Fflachiodd darlun ohoni hi'i hun yn gwisgo ffrog a ffedog yn clocsio ar y llwyfan trwy feddwl Catrin. Fel un nad oedd erioed wedi bod i'r Eisteddfod, doedd dim delweddau eraill yn ei phen.

Parhaodd Dr Iestyn Jones, 'Dwi'n gwybod bod rhai ohonoch chi wedi hen arfer cystadlu ar y llwyfan, boed yn ganu, llefaru neu'n ddawnsio.' Piffiodd rhai o'r merched ac edrych ar Marged, a oedd yn eithaf adnabyddus fel dawnswraig yn ôl y sôn. 'Ac mae croeso i chi drefnu parti llefaru neu gôr. Ond wrth gwrs, nid yw perfformio at ddant pawb, felly hoffwn i chi edrych ar yr adran lenyddiaeth hefyd.'

Clywyd griddfan o sawl cornel o'r stafell. Cliciodd Dr Iestyn ymlaen trwy ei sleidiau nes iddo gyrraedd rhestr o'r cystadlaethau llenyddol.

'Fel y gwelwch chi, mae cystadlaethau ar gyfer bob math o farddoniaeth a rhyddiaith, ac os ydych chi'n teimlo'n uchelgeisiol wnewch chi weld testunau'r Goron a'r Gadair fan hyn. Hefyd mae 'na gystadlaethau drama, llên micro, sgets. Mae hi lan i chi, ond hoffwn i chi i gyd gystadlu mewn o leiaf un gystadleuaeth. Dwi'n fwy na bodlon taflu golwg dros eich gwaith, neu roi adborth i chi.' Edrychodd ar Catrin wrth ddweud hyn. Roedd Dr Iestyn wedi edrych dros ddrafftiau o'i gwaith y tymor diwethaf a dweud bod ganddi 'lais unigryw, un a ddylai gael ei glywed y tu hwnt i'r dosbarthiadau ysgrifennu creadigol'. Un wythnos, er mawr cywilydd i Catrin ac er mawr syndod i'r Welshies go iawn, darllenodd Dr Iestyn ddarn o'i gwaith ar goedd o flaen y dosbarth fel esiampl o waith da. Gwyddai Catrin bod Dr Iestyn yn gwerthfawrogi ei pharodrwydd i gyfrannu at drafodaethau yn y dosbarth tra bod gweddill y criw, ond am Mary y myfyriwr aeddfed, yn osgoi edrych arno rhag gorfod ymateb.

Roedd y merched cegog yn dal i siarad, dal yn Saesneg, ond yn dawelach. Gwelodd Catrin eu bod yn chwerthin wrth i Iestyn sôn am gystadlu. Ond ar ochr arall y stafell, roedd Marged a'i chriw yn sibrwd ac yn gwneud nodiadau wrth nodio'u pennau mewn cytundeb. Gwyddai Catrin y byddai Marged a'i ffrindiau yn cystadlu fel unigolion ac mewn grŵp, a siŵr o fod yn ennill popeth, ac na fyddai'r grŵp arall yn mynd yn agos at Gaerdydd yn ystod yr Eisteddfod. Ystyriodd weddill y dosbarth. Roedd Mary yn ei phumdegau, ac yn sicr byddai hi'n gwneud rhywbeth llenyddol. Mae hi wastad yn ceisio cael sylw Dr Iestyn gyda chwestiwn am T.H. Parry-Williams, neu sylw am waith Iolo Morganwg. Beth am Ryan? Roedd e'n fachgen tawel, a mewnblyg. Fyddai fe ddim yn siarad â phobl eraill fel arfer, a byddai'n gadael yn dawel ar ôl pob darlith. Dychmygodd Catrin Ryan gyda hances o gwmpas ei wddf, trowsus dwgyd 'fale a chlocs, yn neidio dros yr ysgub. Ie, *he looks the type*, meddyliodd. Ond y cwestiwn mawr oedd, beth yn y byd fyddai hi'n ei wneud er mwyn cymryd rhan?

Pennod 5

Ar ôl i Dr Iestyn eu hannog i gystadlu yn yr Eisteddfod, roedd Catrin wedi mynd ati i ddarllen y rhestr testunau y noson honno. Sylweddolodd fod gwobrau ariannol ar gael ar gyfer y cystadlaethau, a phenderfynodd y gallai ysgrifennu cerddi fod yn werthfawr iawn, mewn mwy nag un ffordd. Gwelodd fod symiau fel £100, neu £200 i'r enillwyr. Ddim yn ddrwg o gwbl, ond roedd cant a mil o gystadlaethau a rheolau ar y tudalennau llenyddiaeth, a gallai deimlo ei phen yn gorlenwi a chwalu wrth iddi ddarllen am y gwahanol fathau o gerddi a ffurfiau rhyddiaith. Doedd hi ddim yn siŵr beth oedd rhai ohonyn nhw hyd yn oed, ond byddai'n ddigon hawdd eu gŵglo nhw.

Llên micro, soned, limrig – roedden nhw'n ddigon hawdd i'w deall, sbo, ond beth am filanél? Rhywbeth milwrol efallai? A thelyneg? Rhyw gysylltiad â'r delyn, o bosib, rhywbeth cerddorol? Geiriau cân efallai, gyda chyfeiliant telyn? Pwy a ŵyr. Ta waeth, £100 yr un roedden nhw'n eu cynnig. Pe gallai hi ond ennill un ohonyn nhw, byddai hi'n *quids in*, meddyliodd. A dim ond yr adran farddoniaeth oedd hon. Yn yr adran ryddiaith, roedd gwobrau o £200 ar gael. Efallai byddai hynny'n haws na cheisio cyfansoddi cerddi i gystadlu yn erbyn pobl oedd *actually* yn gwybod yn union beth oedd englyn unodl union.

Trodd y tudalennau gan chwilio am yr wobr ariannol uchaf. Gwelodd fod £750 ar gael am ennill y Gadair, y Goron, neu'r Fedal Ryddiaith. Chwarddodd yn dawel.

'That's what I'm talking about,' meddyliodd wrthi hi ei hun.

Daliwyd ei llygaid gan y rhan am y Gadair. Darllenodd yn uwch:

'Awdl ar fwy nag un o'r mesurau traddodiadol.'

Ydy hynny'n golygu cynghanedd? Meddyliodd am foment, gan ystyried maint y dasg. Fyddai amser iddi ddysgu cynganeddu cyn yr Eisteddfod? Cododd ei ffôn, a gofyn iddo 'how long does it take to learn cynghanedd?' Ymddangosodd llith yn esbonio cymhlethdod y grefft ac erthyglau yn rhannu profiadau pobl eraill o ddysgu cynganeddu gan gynnwys un dan y teitl 'You don't want to know how long writing a 30-syllable englyn takes me...' Penderfynodd anghofio am y Gadair eleni a rhoi cynnig ar ysgrifennu rhyddiaith.

Er mwyn ennill y Fedal Ryddiaith, byddai'n rhaid iddi ysgrifennu 'cyfrol o ryddiaith heb fod dros 40,000 o eiriau.' Roedd hynny'n lot o eiriau, meddyliodd, a byddai dim digon o amser ganddi hi, yn sicr. Roedd £5,000 ar gael am ennill Gwobr Goffa Daniel Owen am ysgrifennu nofel, ond 'heb fod yn llai na 50,000 gair'. Gorweddodd Catrin yn ôl ar ei chlustogau ac ochneidio. Wel, gallai hi ysgrifennu llai na 40,000 yn sicr, ond doedd hi ddim mor sicr am ysgrifennu dros 50,000. Efallai byddai'n well iddi osgoi'r gystadleuaeth yna. Ond, eto i gyd, roedd £5,000 yn golygu (cyfrodd ar ei bysedd), £100 am bob mil o eiriau. Chwibanodd yn dawel. Dychmygodd yr hyn y gallai ei wneud gyda £5,000: gwyliau, dillad, wiper blades newydd blaen a chefn. Porodd drwy'r llyfr eto i ganfod yr wybodaeth am gystadlu, a bron rhwygo'r llyfr yn ei hanner ar ôl darllen taw ym mis Rhagfyr oedd y dyddiad cau i'r prif gystadlaethau rhyddiaith! Fis yn ôl! Am wastraff amser. Na, byddai'n rhaid iddi gynhyrchu ambell gerdd, ysgrifennu ambell ddarn byr o ryddiaith a mynd am y Goron. Yn sicr, gallai hi ysgrifennu cwpl o gerddi, ateb gofynion y modiwl, cadw Dr Iestyn yn hapus ac efallai ennill ceiniog neu ddwy hefyd, meddyliodd.

Trodd drosodd i orwedd ar ei bol a rhoi ei breichiau o dan ei gên. Gwyddai fod angen taith lan y mynydd arni er mwyn iddi ddechrau ar y gwaith cyfansoddi, yn y gobaith y byddai wâc fach, bywyd gwyllt a golygfeydd hardd yn deffro'r awen. Roedd y mynydd yn ddihangfa gyson i Catrin. Roedd wastad rhywbeth braf am adael y cwm cul a dringo'r ffordd serth a throellog tuag at y cymylau. Roedd edrych i lawr o ben y mynydd yn teimlo fel edrych ar fyd gwahanol. Gallai hi adael twrw bywyd bob dydd ac ymhyfrydu yn heddwch y mynydd am sbel. Roedd wastad amrywiaeth o adar ar y copa, ac weithiau ffarmwr mewn Land Rover yn bwydo'r defaid. Felly, os yw'r awen am ddod o rywle, roedd pen y mynydd gystal man ag unrhyw le i chwilio amdani.

Roedd Biggsy yn y gegin wrth i Catrin fynd i lenwi'i photel dŵr.

'Alright, Biggs?'

'Aye,' llwyddodd e i'w ddweud, wrth iddo rawio Weetabix i'w geg a sgrolio trwy'r *notifications* ar ei ffôn. 'What you up to 'en?'

Crybwyllodd Catrin ei bod am fynd lan y mynydd, i gael newid byd, gwylio'r adar, a cheisio ysgrifennu rhywbeth ar gyfer ei ffolio creadigol. Doedd dim angen i neb wybod am ei bwriad i gystadlu, wel, ddim ar hyn o bryd o leiaf. Dywedodd Biggsy ei fod am fynd i redeg, cyn mynd i gael cinio yn nhŷ ei fam wedyn. Chwiliodd Catrin yn y cwpwrdd am rywbeth i'w fwyta, i fynd ag e gyda hi, a stwffio'r cwbl, a'r botel yn ei rycsac.

'Oh, laptop!' diawliodd, a rhedeg yn ôl lan y grisiau. O fewn munud daeth yn ôl gyda'r gliniadur dan ei chesail a chodi ei rycsac oddi ar y wyrctop.

'See you later!' galwodd ar Biggsy.

'Cat, 'ang on!' galwodd e 'nôl. 'Can I have a lift with you?'

'I thought you were going for a run.'

Oedd, roedd Biggsy wedi ystyried rhedeg i lawr trwy'r ffatrïoedd, lawr y *bypass* a 'nôl, ond pe bai Catrin yn fodlon rhoi lifft lan y mynydd iddo fe, yna fe âi i redeg trwy'r goedwig yno. Cytunodd hi, a bant â nhw yng nghar bach Catrin, trwy'r dref gysglyd. Roedd y lle mor wahanol ar ddydd Sul. Roedd y rhan fwyaf o'r siopau ar gau, ar wahân i'r archfarchnad a'r siop bapurau. Doedd bron neb o gwmpas. Gyrron nhw heibio i dad yn cario llaeth a gwthio merch fach ar ei beic a hen ddyn yn mynd â'i gi am dro, ond ar wahân i hynny, roedd y dref yn dawel. Dringodd y car ffordd y mynydd yn araf, ei injan fach yn gweithio fflat owt. Er ei bod hi'n oer ac yn gymylog, roedd hi'n sych, a dyna rywbeth i fod yn ddiolchgar amdano fe. O'r diwedd, cyrhaeddon nhw ben y mynydd, a throdd Catrin i mewn i'r maes parcio. Roedd awyr las, bur uwchben, a gorchudd o niwl islaw, rhyngddyn nhw a'r cwm. Roedd Catrin wedi ofni y byddai hi'n ddiwrnod diflas pan adawon nhw'r tŷ, ond mewn gwirionedd, roedd hi'n ddigon dymunol. Mae diwrnod sy'n addo bod yn dywyll a chymylog o waelod y cwm yn ymddangos yn hollol wahanol o ben ucha'r mynydd.

'You getting out?' gofynnodd Biggsy.

'Not yet. Too cold.'

Trefnon nhw gwrdd 'nôl yn y car am hanner dydd, ac atgoffodd Catrin Biggsy pe na bai e'n dod, y byddai hi'n mynd adref hebddo, a byddai'n rhaid iddo fe redeg yr holl ffordd i lawr. Addawodd y byddai fe yno, a gosod larwm ar ei ffôn, rhag ofn. Bant â fe, a gwyliodd Catrin y boi mawr a'i goesau'n pwnio ar hyd y llwybr, nes iddo ddiflannu i mewn i'r goedwig. Edrychodd hi ar y fan byrgyr, yn ceisio penderfynu a oedd hi'n ddigon dewr i fynd mas i'r oerfel i brynu coffi. Doedd hi ddim, a chymerodd hi lond ceg o ddŵr o'i photel. Edrychodd o'i chwmpas. Roedd y niwl wedi dechrau cilio gan ddatgelu golygfeydd o'r cwm islaw; y parc, rhesi o dai teras, ffatrïoedd a'r ysgol gyfun. Ar lawr y cwm roedd y pethau *man-made*, y pethau brwnt, caled, di-liw, salw, ond uwchlaw cymylau'r niwl roedd yr aer yn glir.

Daliwyd ei llygad gan gudyll coch yn hofran dros anifail bach ar y mynydd, ei gorff yn ddisymud, er bod y gwynt yn rhychu'i blu a rhychu'r gwair mewn tonnau ar draws ochr y mynydd. Meddyliodd Catrin am y llygoden, neu lyg druan, yn gwibio o gwmpas heb glem o'r dynged a oedd o'i blaen, a'r crafangau mileinig ar fin ymosod. Edrychodd hi 'nôl ar y cudyll coch, a'i drem ysglyfaethus. Serch ei thosturi tuag at y prae bach, roedd rhywbeth am gorff y cudyll coch, a'i reolaeth ddiymdrech yn y gwynt roedd hi'n ei edmygu. Fel peiriant wedi'i ddylunio'n berffaith ar gyfer y jobyn o'i flaen. Yn sydyn, disgynnodd y cudyll coch o'r awyr tuag at ei ysglyfaeth, a chollodd Catrin olwg ohono fe. Teimlai'n drist wrth ddychmygu tynged y creadur bach druan, ond efallai fod gan y cudyll gywion mewn nyth yn rhywle, yn aros i gael eu bwydo. Roedd natur yn gymhleth, meddyliodd. Cymhleth, a chreulon. Yn syth, sylweddolodd efallai ei bod wedi taro ar egin syniad – cerdd am brydferthwch byd natur ond am ba mor gymhleth a chreulon ydyw hefyd.

Agorodd hi'r gliniadur, gan ei osod rhwng y llyw a'i bola. Dechreuodd lunio nodiadau, cofnodi geiriau, ysgrifennu brawddegau. Lledaenodd gwên dros ei hwyneb. Teimlai'n falch ohoni'i hun am ysgrifennu. Ac ar ddydd Sul hefyd! A doedd hi ddim yn hanner dydd eto, hyd yn oed! Arhosodd hi am eiliad, ei bysedd yn hofran dros y bysellfwrdd. Beth yw'r gair?

'Cymhlethdod,' dywedodd hi'n uchel, wrth ei deipio.

'Cym-hleth-dod, cymhlethlod. Neu gymhlethrwydd?' Beth oedd y gair Cymraeg am *complicatedness*?

'Complicatedness?' ebychodd yn uwch. 'Ai hynny hyd yn oed yw'r gair yn Saesneg?' Roedd dosbarthiadau Cymraeg i Oedolion wedi gwneud lles i'w sgiliau Cymraeg, ond nawr roedd ei Saesneg yn gwaethygu!

Ar adegau, teimlai Catrin yn ddigalon am y bylchau yn ei Chymraeg. Fel arfer byddai hi'n gwneud yn dda yn y dosbarth, ond ar ôl darllen dros ei gwaith weithiau, roedd hi'n amlwg ei bod yn dal i feddwl yn Saesneg gan gyfieithu i'r Gymraeg. Achosai hyn i'w gwaith swnio'n lletchwith ac yn annaturiol. Roedd hi'n rhwystredig, achos yn aml, roedd hi'n gwybod bod rhywbeth o'i le, ond doedd hi ddim yn gwybod pam, na sut i'w wella. Yn y dosbarth, weithiau, byddai hi'n clywed yr ail ieithwyr yn dweud pethau fel 'achos mae hi'n', a byddai hi bob amser yn clywed llais ei thiwtor Cymraeg i Oedolion yn ei phen, yn mynnu 'achos BOD, nid achos mae.' Ar y llaw arall, sylwai ar Marged yn codi ei haeliau pan wnâi hi wall iaith yn y dosbarth, a throi at ei 'Merched y Gwawd' a oedd yn cilwenu ar ei gilydd. Doedden nhw ddim yn fwy galluog na hi, ond roedden nhw wedi cael y rhodd o ddwy iaith o'r crud, lle roedd yn rhaid i Catrin weithio'n galed i gyrraedd safon a oedd yn ddigon da i gael ei derbyn yn y brifysgol. Wrth gwrs, doedden nhw byth yn drysu rhwng morlo a morfil, a doedd dim rhaid iddyn nhw bwyllo a meddwl cyn dweud modryb yn hytrach na modrwy.

Byddai'r gair 'cymhlethdod' yn gwneud y tro am nawr, a byddai'n mynd trwy ei gwaith 'nôl yn y tŷ, a llenwi'r bylchau gyda'r geiriau Cymraeg cywir, gwirio'r ramadeg, y sillafu a thacluso ychydig. Gwrthododd deimlo'n rhy ddrwg am ei diffygion, ei beiau ieithyddol, gan ei bod yn eistedd ar ben y mynydd o flaen murlun mawr o'r ddraig goch, ynghyd â'r geiriau 'Croeso i'r Gymoedd'.

Gyda'r injan wedi'i diffodd, roedd y car wedi oeri, a bysedd Catrin yn stiff. Sylwodd ar y fan byrgyr eto a phenderfynu mentro mas a chael coffi. Er ei syndod, doedd hi ddim mor oer ar y mynydd. Gwyntog oedd hi, ond roedd gwres yr haul yn cynhesu ochr hon y cwm. Doedd dim golwg o niwl y bore erbyn hyn, a gallai Catrin weld y ceir yn mynd lan ac i lawr y cwm, mewn a mas o faes parcio'r archfarchnad. Clywodd uwch seinydd y cae rygbi yn cyhoeddi rhywbeth yn y pellter. Wrth iddi ymuno â'r ciw o flaen y fan, meddalodd ei theimladau am y cwm a oedd yn ei meddwl yn frwnt ac yn llwyd ryw awr yn ôl. Hen wlad ei thadau, a'i mamau oedd hon, ac mewn gwirionedd roedd hi'n hoff iawn o'r lle. Roedd rhywbeth trist am y lle, rhywbeth tlawd, blinedig, fel pe bai'r dref wedi chwythu ei phlwc. Daeth llun o'r hen ffilm *Twin Town* i'w meddwl, a'r disgrifiad o Abertawe fel 'pretty shitty city'. Ie, dyna beth oedd hi, neu efallai 'broken brown town'. Gwenodd, a sylweddoli bod y dyn yn y fan yn edrych arni'n ddiamynedd, yn aros amdani.

Prynodd ei choffi a mynd yn ôl i'r car. Sylwodd ar y modd yr oedd yr haul yn newid diwyg y pentrefi i lawr yn y cwm. Gwelodd hi nhw'n dod o'r tywyllwch i olau'r dydd o flaen ei llygaid. Weithiau deuai cwmwl o flaen yr haul, a fyddai'n taflu cysgod eang dros yr ardal gyfan. I'r rhai sy'n byw yn rhan honno'r dre, byddai'n ymddangos fel diwrnod diflas, ond wrth gwrs, wrth i'r cymylau glirio byddai'r olygfa yn newid eto. Roedd lot o brydferthwch i'w weld yn y cymoedd, ond roedd hi'n haws ei werthfawrogi o bell lan ar y mynydd, i ffwrdd o'r tai a'r siopau. Edrychodd hi ar y panorama o'i blaen. Clywodd gân yr ehedydd ar yr awel, a gwelodd e'n uchel yn yr awyr. Roedd siglen fraith yn rhuthro ar draws y maes parcio, yn aros yma ac acw i bigo briwsionyn, neu bryfyn. Daliwyd ei llygad gan symudiad yr ochr draw i'r maes parcio, a throdd i weld dwy frân yn brwydro dros lygoden fawr wedi'i gwasgaru ar y llawr dan deiars car. Natur. Am beth rhyfedd. Dyna sut roedd hi'n teimlo am y cwm, lle hyfryd, gyda lot o harddwch o'i gwmpas, ond gyda digon o bethau hyll hefyd.

Wedi'i chynhesu, diolch i'r coffi, teimlodd Catrin yn ddigon dewr i grwydro ymhellach na'r fan goffi, a chan gymryd ei gliniadur, cerddodd ar draws y maes parcio, trwy fwlch yn y wal ac eisteddodd ar fainc, gyda'r olygfa ysblennydd o'i blaen. Roedd hi wir eisiau dal naws y teimlad a gâi ar y mynydd yn ei hysgrifennu, y teimlad o allu gweld hen brofiadau neu deimladau o bell. Chwiliodd am ffordd o gymharu llwydni'r cwm â gwyrddni'r mynydd, y caled a'r meddal, a darlunio harddwch hagr yr ardal. Edrychodd ar siâp y strydoedd, fel gwythiennau yn cario bywyd i rywle. Efallai y gallai ddod o hyd i drosiad, rhywbeth fel calon y cymoedd sy'n curo drwy gorff y cwm. A beth arall? Roedd hi'n awyddus i ddal y ffordd y mae'r haul a'r cymylau'n symud, a disgrifio'r lliwiau wrth i'r tymhorau newid, y ffordd y mae'r ffyrdd yn cludo'r cymudwyr o gwmpas y cwm, tra bod y galon yn curo a chynnig rhywbeth. Ciliodd llif ei meddyliau a syllodd i lawr y cwm yn freuddwydiol, gan feddwl am y newidiadau a oedd wedi bod. Wrth iddi synfyfyrio, roedd pâr o draed yn nesáu'n gyflym o'r tu ôl iddi.

'Catrin!'

Neidiodd yn ôl i realiti, a throi ei phen i weld Biggsy coch a chwyslyd, yn brin ei wynt. Sodrodd ei hun wrth ymyl Catrin ar y fainc, gan achosi i'r metel grynu dan ei chorff.

'Do you want a coffee or something?' cynigiodd Catrin.

Roedd Biggsy mor flinedig, wedi llwyr ymlâdd, dim ond 'water', yr un gair hwnnw ddaeth o'i ben.

Erbyn i Catrin ddod 'nôl gyda dŵr i Biggsy, roedd e wedi cael ei wynt ato. Adroddodd e am hynt a helynt ei redeg, sut y camodd mewn cachu ci, llwyddo i gael pry yn ei lygad a gweld merch 'hot' gyda thri chi sosej. Gofynnodd am gynnydd Catrin. Heb eisiau swnio fel *pretentious arse*, ceisiodd esbonio'r hyn roedd hi eisiau ei gyfleu yn ei cherdd. Nodiodd Biggsy yn ddoeth, gan ychwanegu 'hmm' ar yr adeg briodol. Gan ei fod yn bach o glown, roedd yn hawdd cymryd bod Biggsy braidd yn dwp, ond doedd e ddim.

Ar ôl rhannu ei syniadau ag e, ac arllwys popeth o'i meddwl, teimlai Catrin ychydig yn dwp. A oedd hi wedi dweud gormod, neu ddatgelu gormod o'i meddyliau? Difarodd yn syth. Roedd Biggsy yn eistedd ar y fainc ac yn syllu'n syth o'i flaen. Roedd e wedi colli diddordeb yn llwyr yn ei sgwrs, tybiodd Catrin. Anadlodd Biggsy'n ddwfn, a rhwbio'i ên cyn dweud, 'That makes sense. We can only see what's in front of our eyes now. Like, when it's really cloudy down there...' Pwyntiodd ei fys i lawr at y cwm, 'And it's like you're in the pits of Hades, and all you can see is the clouds, you don't realise the sun is shining right above the clouds, or just over the other side of the mountain. I get what you're trying to say.' Roedd e'n nodio ei ben yn ddoeth, 'about seeing things from one viewpoint, but to a person standing over there they look totally different.'

'The pits of Hades'? Ble oedd y Biggsy go iawn? Y Biggsy sy'n gwneud yn siŵr ei fod e'n neilltuo digon o amser i wylio cyfres cyfan o *Top Gear* neu *Say Yes to the Dress*. Pa ots? Rhyfeddodd Catrin at y boi a theimlodd hi ryddhad mawr yn llifo trwy'i chorff, rhyddhad am beidio ymddangos fel twpsen o flaen Biggsy. Roedd hi'n braf weithiau cael rhannu ei syniadau gyda rhywun arall, ond roedd hi bob amser yn ofalus o bwy fyddai'n rhannu pethau gyda nhw. Agorodd Biggsy ei geg i siarad. Arhosodd e, cyn dechrau eto.

'When I was little, right, my mother used to tell me this story about a man who looked over the other side of the valley and he saw a house with windows made of gold.'

Roedd golwg braidd yn lletchwith arno, ond parhaodd.

'And every time he looked across, these windows, they sparkled and shone in the sun. Anyway, he wanted the golden windows so much, he walked across all the hills and fields to the other side of the valley, but when he got there, the windows were just normal brown ones. When he looked back at his own house, over on the other side of the mountain, it was HIS house that had golden windows all along, but really, it was just the sun shining on them. Funny innit?'

Edrychodd e i lawr ar y cwm, yn fyfyriol.

'Don't know why I just told you that. Bit twp really, innit?'

'No, it's really sweet actually. Like "the grass is always greener on the other side" kind of thing.'

'Yeah, yeah, that's it.'

'D'you know, I've got this thing, right, where I write something in Welsh, I'm really pleased with it, it's all correct, I think it's really good, but as soon as I walk into a room full of Welsh speakers, I instantly think it's rubbish. What's going on there?'

'Comparing yourself, is it?' myfyriodd Biggsy. 'Thinking you're not good enough next to all them.'

'Yeah, maybe. It's just when I'm surrounded by university people, or clever people who all speak Welsh, I feel really small. And it's not them, it's me.'

'Yeah, yeah, I know. Like a small fish in a big...'

'Aviary!' ebychodd Catrin. 'Small and completely out of place!'

Chwarddodd y ddau, wrth i Catrin ddechrau ymlacio, a sylweddoli nad oedd angen iddi fod mor betrus ynglŷn â thrafod ei gwaith. Parhaodd i esbonio'i syniadau am ysgrifennu cerdd ar gyfer ei ffolio. Dywedodd wrth Biggsy ei bod yn cael trafferth yn symboleiddio pethau, fel cymharu prydferthwch y mynyddoedd a *hustle* a *bustle* y dre, a dal yn union y ffordd mae'r cymylau yn hwylio dros y cymoedd, y ffordd mae'r rhesi o dai teras yn creu llinell lwyd hir lawr y cwm fel... oedodd. Roedd golwg synfyfyriol ar wyneb Biggsy. Dechreuodd eto, gan ddisgrifio sut mae'r tai yn creu llinyn llwyd, fel...

'Goldfish shit,' cynigiodd Biggsy, wrth syllu tuag at y gorwel yn feddylgar.

Roedd tawelwch am eiliad, cyn i Catrin ffrwydro.

'What?' ebychodd Catrin yn grac. 'I really thought you were trying to be serious then, and I really thought you were trying to help!'

'I was, mun!' cwynodd Biggsy yn amddiffynnol. 'That's the first thing that popped into my mind, that's all.'

'Yeah great, I'll pop that into a poem for Dr Iestyn, shall I? "The Beauty of the Mountain", by Catrin Griffiths... "From atop the great mountain, the tiny grey houses wind their way across the valley floor, like a string of goldfish shit." Do you know what, I wouldn't be surprised if I won in the Eisteddfod with that absolute gem. Right, I'm off. You coming?'

Dilynodd Biggsy Catrin 'nôl at y car, ei deimladau wedi'u brifo, yn dal heb ddeall beth oedd e wedi'i wneud o'i le.

Pennod 6

'So Els, wnei di ddod i'r lansiad gyda fi, nos Iau? Bydd pawb o'r adran yno, a bydd 'na gaws a gwin.'

'Iawn, a dwi'n edrych ymlaen, actiwali. Mae'n swnio'n gyffrous iawn'.

Chwarddodd Catrin yn ysgafn ar ymateb Elin i ddechrau cyn sylweddoli ei bod hi o ddifrif.

Yn anffodus, doedd cyffro Elin ddim yn heintus. Gwyddai Catrin beth i'w ddisgwyl. Roedd noson lansiad Dr Iestyn yn addo bod mor sych â'r Jacob's Cream Crackers o dan y caws Cheddar rhataf posib. Y gwir amdani oedd ei bod hi'n teimlo rhyw ddyletswydd i fynd i gefnogi Dr Iestyn. Byddai Caradog Glyn seimllyd yn llongyfarch Dr Iestyn gan seboni a dweud y pethau rhyfeddaf am ei yrfa a'i waith. Byddai pawb yn cytuno gan fwmian yn dawel a nodio eu pennau yn ddeallus. Byddai Dr Iestyn wedyn yn darllen rhai o'i gerddi hygyrch a dealladwy, a chofio pwy oedd y gynulleidfa tra byddai pobl yr adran naill ai'n chwerthin neu'n sychu eu llygaid â hances. Wedyn, byddai rhyw aelod arall o'r adran yn dweud rhywbeth rhyfeddol arall am Dr Iestyn eto fyth, ac wedyn byddai pawb yn ysgwyd llaw yn frwd â'r awdur. Byddai pawb arall a oedd yn ddigon ffodus i'w adnabod neu weithio gydag e'n curo cefnau ei gilydd am fod yn griw mor glyfar. Roedd Catrin yn gyfarwydd â'r drefn ddiflas, gyffrous hon, a hithau wedi bod i un o lansiadau'r adran ar ddechrau'r flwyddyn a dau lansiad arall, os nad tri, yn ei blwyddyn gyntaf. Yn wir, roedd yr adran yn cynhyrchu llyfrau yn gynt nag y gallai hi boeri. A byddai pob lansiad yn dilyn yr un patrwm. A oedd ots gan unrhyw un tu fas i'r adran am y llyfrau mawrion hyn? Doedd dim lot o ddiddordeb 'da hi ei hun yn *Pensaernïaeth Adeiladau Dinesig Cymru*, nac yn y *Merthyron Catholig Elisabethaidd*, ond gan fod gwin a bwyd ar gael, a'r gwin o leiaf yn dderbyniol am ei fod yn rhad ac am ddim ac o ansawdd gwell na'r caws, byddai fel arfer yn mynychu'r lansiadau adrannol hyn. Wedi'r cyfan, byddai'r darlithwyr yn falch o'i gweld yno, a doedd dim angen iddynt wybod mai'r gwir gymhelliad oedd troi'r lansiad yn stop *pre-drinks* fforddiadwy iawn.

Serch amheuon ac anghrediniaeth Catrin, roedd Elin wir yn ymddangos yn frwd.

'O, mae'n swnio'n hyfryd! Wyt ti'n mynd i wisgo'n deidi?'

Taflodd hi gipolwg ar jîns Catrin, yn llawn rhwygiadau o'r cluniau i lawr, gan dywys ei llygaid hyd at y Converse brwnt.

'O ie, wrth gwrs!' Roedd Elin wastad fel pìn mewn papur. Taflodd Catrin gipolwg ar ei gwallt taclus, cardigan binc bert a'i throwsus du smart. 'Bydda i'n dod adref o'r brifysgol yn gyntaf, cael cawod, a newid fy nillad. Gallwn ni fynd lawr ar y trên wedyn, cael glasiaid bach o win. Hei, gallwn ni fynd am fwyd ar ôl 'ny. Be ti'n feddwl?'

'Mae'n swnio'n dda i fi! Ti 'di gofyn i'r lleill? Fydd 'na gyfieithu ar y pryd?'

Elin druan, mor ddiniwed. Edrychodd Catrin ar draws y

stafell, lle roedd Biggsy yn eistedd, gyda'i glustffonau amdano a chontroler y gêm yn ei ddwylo. Gallai Catrin weld ar sgrin y teledu ei fod yn gyrru tanc trwy'r stryd, gan yrru dros berfedd ambell un ac yn saethu'n ddidrugaredd at ambell un arall o'u corun i'w sawdl. Dyrnodd yr awyr i ddathlu ei fuddugoliaeth ddiweddaraf dros y zombies ac ebychu amrywiaeth o eiriau lliwgar wrth y teledu.

Dwi'n cofio rhyw sôn am gyfieithu pan ges i'r e-bost, ond do'n i ddim wedi ystyried o ddifri gofyn iddyn nhw drefnu'r peth.

'Dwi ddim yn meddwl byddai fe at eu dannedd nhw, rhywsut,' esboniais.

Gwaeddodd Biggsy ar ryw ffrind o'i flaen ar y sgrin, a chan wthio ei grotch tuag at y teledu, dyma fe'n dweud wrth y boi yn union sut y dylai sugno ei bidyn. Anadlodd Catrin i mewn yn ddwfn, ac ochneidio. Hwn, mewn lansiad llyfr yng nghwmni staff academaidd y brifysgol, a phobl siwt a thei o Llenyddiaeth Cymru! Hwn, sy'n gwenu bob tro y mae'n pasio arwydd ar y ffordd i mewn i Ferthyr Tudful, am ei fod yn cynnwys y gair 'cy-FART-aledd!' Na, byddai mynd â Biggsy i'r lansiad fel mynd â haid o gŵn gwyllt i'r opera, a disgwyl iddyn nhw beidio â chachu ar y carped.

Daeth y gêm i ben a thaflodd Biggsy y clustffonau ar y soffa, a dod yn ôl i'r byd go iawn.

'Heeey, there's my girls!' Agorodd ei freichiau enfawr a rhoi cwtsh mawr i'r ddwy ohonyn nhw. Gwingodd Catrin, piffiodd Elin.

'Who wants coffee?' a bant ag e i'r gegin.

'What are you two up to 'en?' galwodd, wrth afael mewn pâr o Custard Creams a'u stwffio i'w geg.

'We were talking about the book launch in Catrin's university this week. You don't fancy it, do you? It sounds like it'll be quite a night, with lots of interesting people to talk to.'

Wfftiodd Biggsy yr awgrym, gan ledaenu briwsion dros y lle i gyd. 'Is that that poetry thing you were on about with all the Welsh teachers blowing smoke up each others arses? Na, you're alright. I'll give that one a miss thanks.' Trodd e rownd a dechrau gwneud y coffis. Ffidlodd Catrin â'i horiawr yn lletchwith, gan osgoi llygaid anghrediniol Elin. Wedyn, i dorri'r distawrwydd,

'Dyw pawb ddim yn gwirioni'r un fath!' meddai Catrin.

Pennod 7

Yn y brifysgol yn ystod diwrnod y lansiad, roedd Catrin wedi gweld Dr Iestyn ac addo bod yno, yn ogystal â derbyn e-bost arall yn ei gwahodd i'r lansiad a doedd dim modd osgoi'r posteri ar hyd y coridorau. Er mwyn peidio â chodi cywilydd ar Elin, roedd Catrin wedi gwneud ymdrech i edrych yn daclus. Clymodd ei gwallt mewn cwlwm smart, a benthyg un o ffrogiau du byr Lauren i'w gwisgo gyda theits du. Gwnaeth hi ymdrech i sychu'i hesgidiau Dr Martens â darn o bapur cegin gwlyb hyd yn oed.

'Barod?' gofynnodd i Elin, a hithau'n canolbwyntio wrth wneud ei minlliw yn nrych y cyntedd.

'Ydw. Ww, ti'n disgwyl yn neis.' Culhaodd ei llygaid. 'Ti'n cyfarfod rhywun sbesial yno heno?'

'Fi? No way! Be, mewn stafell yn llawn dynion canol oed yn eu *smart jeans* a *brogues*? Y bobl lenyddol fydd ddim hyd yn oed yn sylwi arna i! A'r bobl boring o fy nghwrs? Ti'n cael laff, yn dwyt ti?' Crychodd ei thrwyn wrth feddwl am y peth. 'Ac os daw'r Caradog Seimllyd Glyn 'na o fewn dau fetr ohona i, dwi'n mynd i chwydu drosto fe.'

Gadawon nhw'r tŷ a chychwyn y wâc fer i'r orsaf drenau. Doedd dim lot o bobl o gwmpas yr adeg honno o'r nos. Roedd y plant ysgol wedi hen ddiflannu, a'r cymudwyr o Gaerdydd wedi cyrraedd eu cartrefi. Dim ond ambell berson ifanc ym mhen draw'r platfform oedd yno, eu hwynebau wedi'u goleuo gan eu ffonau. Roedd y trên yn gynnes a gwag, a diolch byth, gwnaeth y bobl ifanc eu ffordd i gefn y trên, a diflannodd cerddoriaeth eu ffonau i'r pellter gyda nhw.

Treuliodd y merched y tri chwarter awr nesaf yn sgwrsio am hyn a'r llall, wrth i arwyddion y gorsafoedd trên fynd heibio i'w ffenestr, fel hwylbrennau ar longau'n mynd heibio. Erbyn iddyn nhw gyrraedd y brifysgol a gwneud eu ffordd i fyny'r grisiau ac ar hyd y coridorau roedd y ddwy yn rhewi. Daethant o hyd i'r stafell a sleifio i mewn.

'Noswaith dda! Caitlin ife? Na, na... Catrin!'

'Ie, helô Caradog.' *Weird* sut nad yw e byth yn cofio enwau'r myfyrwyr, ond mae pawb yn cofio'i enw e.

'Pwy yw dy ffrind?' gofynnodd, gan hoelio'i sylw ar Elin.

'Elin,' atebodd Catrin yn ddifynegiant.

Estynnodd ei bawen chwyslyd i ysgwyd llaw Elin, a gafael ynddi yn rhy hir o lawer.

'O, edrych!' galwodd Catrin, gan afael ym mraich Elin, a phwyntio bys at gornel pellaf y stafell. 'Mae rhywun yn ein galw ni draw!'

Gan ddal yn dynn ym mraich Elin, llusgodd hi ar draws y stafell, gan adlamu o afael unrhyw sgwrs bosib rhyngddynt a grwpiau o fyfyrwyr goreiddgar a dynion llwydion yr olwg. Ar ochr draw'r stafell, oedodd Catrin a chodi dau wydraid o win gwyn o blith y degau ar y bwrdd.

'Cod ddau, El, a dilyna fi.'

Cododd Catrin un o'r gwydrau i'r awyr, fel pe bai'n cyfarch

rhywun yng nghefn y stafell, a gwneud ei ffordd trwy'r dorf. Dilynodd Elin ei chyfarwyddiadau a chyrraedd cefn y stafell mewn stad o ddryswch. Edrychodd hi o gwmpas.

'Ar bwy o't ti'n galw ar draws y stafell?'

'Neb.' Pwysodd Catrin yn ôl ar y wal ac yfed yn ddwfn o'i gwydr.

'Ond, i bwy mae'r glasieidiau eraill o win?'

Cododd Catrin y ddau wydr, eu tapio yn erbyn ei gilydd, a gwenu'n llydan. 'Ni!'

Lledaenodd golwg o ddychryn dros wyneb Elin.

'Ti methu cymryd dau, Catrin!'

'Wel, pwy sy'n mynd i'n stopio ni?'

Edrychodd Elin dros ei hysgwyddau yn nerfus. 'Wel...'

'Yn union!' chwarddodd. 'Does neb yn ein gwylio ni, ac mae'n rhy hwyr nawr ta beth!'

Gwenodd eto, gorffen y gwydraid cyntaf, a'i osod ar y bwrdd.

'Reit, bwyd? Dim ond "caws a gwin" oedd ar y gwahoddiad, ond mae 'na fŵffe llawn draw fynna. Brechdan?' Ac aeth hi bant i gyfeiriad y bwyd, gan weiddi yn ôl, 'Dof i â digon i bawb, iawn?' A thaflu winc i gyfeiriad Elin.

Lledaenodd arlliw o banic dros wyneb Elin, a theimlodd fel pe bai llygaid cannoedd o bobl arni, ond wrth gwrs, doedden nhw ddim. Doedd dim diddordeb gan neb yn y gynulleidfa heno mewn dwy ferch wirion a'r hyn roedden nhw'n ei yfed a'i fwyta. Roedd nifer fawr o'r gwesteion yn llawer pwysicach ac yn llawer mwy diddorol na nhw.

Daeth Catrin yn ôl gyda dau blât wedi'u pentyrru mor uchel, roeddent yn ymdebygu i Jenga crwst a bara. Cafodd Elin gipolwg o'i chwmpas, cyn derbyn y plât yn ddiolchgar.

'Dwi'n starfo,' mwmiodd Catrin, ynghanol llowcio mini-pitsa.

'A fi 'fyd,' cytunodd Elin. 'Ond ro'n i'n meddwl bo ni'n mynd am fwyd ar ôl hyn.'

Edrychodd Catrin ar ei phlât, ac ar blât Elin. 'Ie, ond dim ond cracyrs a chaws roedden i'n eu disgwyl, ond mae llwyth o fwyd yma, ac mae popeth am ddim. Felly... Kebabylon ar y ffordd adref? Ta waeth, bydd mwy o arian gyda ni i'w wario ar yfed nawr!'

Dechreuodd lleisiau'r dorf gilio, gan fod rhywun yn taro ei lwy yn erbyn ei wydryn i ddenu sylw'r gynulleidfa. Eisteddodd Catrin ac Elin ac edrych tuag at flaen y stafell. Dyna lle roedd Dr Iestyn, Yr Athro Cenwyn Rhys, Dr Kate Squires a Caradog Seimllyd. Roedd golwg hunanbwysig ar bob un ohonynt, fel bwrdd llywodraethu ysgol gynradd: eu dillad yn ddiflas, a gwallt llwyd ar ben pob un. Roedd Dr Iestyn yn ei wisg arferol yntau – jîns *skinny* a chrys siec, ond heno roedd e'n gwisgo tei hefyd.

'Ai Mihangel Morgan yw hwnna?' sibrydodd Elin. Taflodd Catrin olwg ar draws y pwysigion yn y blaen.

'Pa un?'

'Ar y chwith, yn eistedd ar bwys y gochen. Dwi'n siŵr mai fe yw e.'

'Dim clem.'

'Dwi'n cofio astudio un o'i lyfrau fe yn yr ysgol!'

'O ie.' A chan fethu â meddwl am ddim byd arall, ychwanegodd Catrin, 'Neis.'

Daeth Yr Athro Cenwyn Rhys yn nes at y ddarllenfa, a dechrau ar araith o gyflwyniad gwresog i Dr Iestyn, gan gyfeirio at ei gyraeddiadau academaidd a barddonol drwy gydol ei yrfa. Cymeradwyodd pawb wrth i Dr Iestyn godi o'i sedd ac ysgwyd llaw'r Athro, a gwenu ar gyfer llun a fyddai mewn dim o dro ar gyfrifon cymdeithasol yr adran, er nad oes fawr neb yn eu defnyddio rhyw lawer. Gyda'i wallt mawr, a'i farf, edrychai Dr

Iestyn fel un o'r Beatles, ond heb y fflêrs. Roedd yn ceisio bod mor cŵl â'r *kidz* gan wisgo jîns *skinny* trwy'r amser, tybiodd Catrin ond wrth eu golwg nhw, roedd e wedi bod yn eu gwisgo ers 1983. Rhoddodd Dr Iestyn ychydig o gefndir y gyfrol i bawb. Roedd Catrin wedi clywed yr un cyflwyniad yn barod yn y ddarlith. Wedyn, darllenodd e nifer o'i gerddi, i gymeradwyaeth orfoleddus. Curodd Catrin ei dwylo, ynghyd â phawb arall, ond pan edrychodd hi ar wyneb Elin, roedd Elin wir wrth ei bodd.

OMG, mae hi *actually* yn mwynhau hyn, meddyliodd Catrin. Daliodd hi lygaid Elin a gwenu'n frwdfrydig. Parhaodd Dr Iestyn gydag ambell gerdd arall am ryw gastell, rhywbeth am wleidyddiaeth a rhyw deyrnged i ryw ddramodydd. Ddaliodd hi mo'r enw. O'r diwedd, daeth y noson i ben, a gwasgarodd pobl i sgwrsio â hen ffrindiau a chyd-weithwyr. Chroesodd neb y stafell i siarad â Catrin ac Elin, wrth gwrs, felly, dyma oedi am ychydig eto o gylch y bwrdd gwin.

Gyda bochau cochion a gwenau llydain, llithrodd y merched heibio i'r academyddion a'r beirdd, tuag at y drws.

'Catrin! Shwmae! Diolch am ddod.'

'Dr Iestyn! Do'n i ddim yn siŵr ble o'ch chi. Ro'n i'n chwilio... wel, ro'n i'n mynd i... Llongyfarchiadau! 'Nes i wir fwynhau, yn enwedig y gerdd am...' rasiodd ei meddwl, gan geisio cofio rhyw fanylyn o unrhyw gerdd '... y castell.' Nodiodd ei phen yn ddoeth.

'O ie, hynod o drawiadol. Syfrdanol.'

'O, dyma fy ffrind, Elin, gyda llaw. Ni'n byw yn yr un tŷ.'

Ysgydwodd Dr Iestyn law Elin, a dywedodd hi wrtho cymaint roedd hi wedi mwynhau'r noson. Roedd ei chanmoliaeth yn frwd ac yn fyw, yn enwedig wrth iddi fanylu am ei ddefnydd o'r coed fel trosiad yn un o'r cerddi, ac am y 'safbwynt hanesyddol amgen' yng ngherdd y castell. Wedi rhyw bum munud o baladruo beirniadol, dechreuodd Catrin ddiflasu. Roedd hi'n amlwg bod Dr Iestyn wedi sylweddoli bod Elin yn siarad Cymraeg fel iaith gyntaf, a gofynnodd o ble oedd hi'n dod. O glywed y geiriau 'Tregaron', dechreuodd Dr Iestyn siarad am Twm Siôn Cati, ei wyneb yn llawn angerdd.

'O Gors Caron i Gwm Rhondda felly,' sylwodd Dr Iestyn. 'Cartref Kitchener Davies, Ron Berry, Rhydwen Williams – "Y Ffynhonnau"! "Gwrandewch. Mae gorfoledd dyfroedd yn fy nghlustiau heno. Yr Ynys-wen, Ynysfeio, yr Ynys-hir".' Trodd at Catrin. 'Ti'n gyfarwydd â "Y Ffynhonnau"?'

'Ym, ddim yn siŵr,' mwmiodd Catrin, gan grychu'i hwyneb, a cheisio cyfleu'r ddelwedd bod cynifer o gerddi yn ei phen ac y byddai'n rhaid iddi chwilio amdani. 'Falle. O'r Rhondda oedd Rhydwen Williams, ie?'

'Ie, ie.' Roedd gan Dr Iestyn un llaw yn ei boced, a'r llaw arall yn dal ei wydraid o win yn yr awyr, a'r gwydr yn mynd o'r dde i'r chwith wrth iddo fe siarad. 'Ti'n gwybod ble mae'r eglwys fawr yn y Pentre? Gyda'r tŵr a'r cloc arni?' Aeth y gwydraid lan yn yr awyr wrth iddo ddisgrifio uchder y tŵr.

He's going to spill that, meddyliodd Catrin.

'O, ydyn, ry'n ni'n gyfarwydd â'r lle. Ry'n ni'n mynd heibio yn y car weithiau. Ti'n gwybod pa un yw e on'd wyt ti, Cat?'

Parhaodd Dr Iestyn yn frwdfrydig. 'Gyferbyn â'r eglwys, lawr y bryn yn un o'r strydoedd 'na, dyna lle magwyd Rhydwen Williams, a chi'n gwybod be? Does dim cofeb ar y tŷ, dim sôn o gwbl bod un o feirdd, un o lenorion mwyaf adnabyddus y Rhondda wedi byw yno.' Roedd ei gynddaredd wedi achosi i sblash o win neidio allan o'r gwydr a glanio ar y *brogues*.

'Roedd fy hen fam-gu yn byw yn y Pentre trwy gydol ei hoes.' Dyma oedd yr unig beth y gallai Catrin gyfrannu at y sgwrs, er eu bod yn trafod ei hardal hi ei hun. 'Efallai y byddai hi wedi'i nabod hi!'

Edrychodd Elin ar y llawr, tra'r edrychodd Dr Iestyn yn syn ac yn ddryslyd ar wyneb Catrin, fel pe bai newydd glywed y peth rhyfeddaf erioed. A bod yn deg, digwyddai hyn yn aml pan siaradai Catrin Gymraeg â phobl. Aeth popeth yn fud, a bellach, doedd neb yn siarad. Beth ddigwyddodd y tro hwn? Camynganu gair? Neu efallai iddi ddefnyddio'r gair anghywir? Cliriodd Dr Iestyn ei wddf.

'Wel, byddai'n well i fi fynd yn ôl at yr hen giang. Diolch am ddod lawr, Catrin. Ac Elin, braf cwrdd â chi.'

'Chi hefyd,' gwenodd, wrth ysgwyd ei law eto. 'Ond mae'n rhaid i fi ofyn, ai Mihangel Morgan yw hwnna?' Edrychodd hi ar draws y stafell ar 'yr hen giang'.

'Ie! Chi'n ei nabod e?'

'Nac ydw, ond dwi'n cofio astudio ei straeon ac un o'i nofelau yn yr ysgol!'

'O, gwych! Wel, dewch draw i ddweud helô wrtho fe. Catrin, a tithau hefyd.'

Suddodd calon Catrin fel plwm. 'O na,' dechreuodd Catrin. 'Mae rhaid i fi...' Ond roedd hi'n rhy hwyr. Roedd Dr Iestyn ac Elin wedi diflannu drwy'r dorf, tuag at 'y giang'. Collodd hi olwg ohoni, ei ffrind, ei chydymaith llenyddol, a sefyll ar ei phen ei hun, gan syllu i lawr ar y gwydryn gwin gwag yn ei llaw. Teimlai'n drist, yn dwp ac yn unig. Doedd Elin ddim hyd yn oed yn astudio Cymraeg nac Ysgrifennu Creadigol, ond teimlai Catrin fel pe bai hi'n dal i wybod mwy na hi.

Estynnodd am ei ffôn, rhag i'w llygaid gwrdd â rhai eraill ac ynddynt awydd sgwrs. Daeth rhu o chwerthin o'r grŵp o bobl o gwmpas Elin. Doedd Catrin ddim eisiau ymuno â hi, gan nad oedd hi'n gwybod pwy oedd Mihangel Morgan hyd yn oed. Doedd hi chwaith ddim wedi deall yr un o gerddi Dr Iestyn. Prin y byddai ganddi ddim byd call i'w ddweud – nid wrth bobl *intellectual* fel y rhain, ta beth. Gallai glywed acen ogleddol yn clochdar o gyfeiriad y gwybodusion yn awr hefyd, felly os mai Gog oedd Mihangel Morgan, doedd hi bendant ddim yn mynd draw atyn nhw! Roedd rhywun yn y giang yn swnio'n union fel Tudur Owen o'r radio, ond roedd rhaid iddi ei hatgoffa ei hun eto nad Tudur Owen yw'r unig ddyn sy'n byw yn y gogledd, ac felly nad Tudur Owen o reidrwydd oedd piau'r acen ogleddol fan hyn. Safodd ar flaenau bysedd ei thraed er mwyn cael cipolwg ar y llais, rhag ofn, ond ni welodd unrhyw un o ddiddordeb iddi.

Ar ôl tua phum awr (neu efallai deg munud, pwy a ŵyr), daeth Elin yn ôl, ei bochau'n binc, ei llygaid yn disgleirio.

'O haia, dyna ti! Wel, mae e mor neis!'

'Pwy, Dr Iestyn? Ie, mae'n olréit.'

'O ie, mae fe'n hyfryd hefyd, ond Mihangel Morgan yr awdur ro'n i'n siarad amdano.'

'Fe oedd e, 'te?'

'Ie, roedd e mor ddiddorol. A dywedodd e fod holl gyn gydweithwyr Dr Iestyn o Brifysgol Bangor wedi dod yr holl ffordd lawr i'w gefnogi, felly gofynnodd yr adran am ragor o fwyd, sy'n esbonio'r *spread* 'ma. A rhai ohonyn nhw wedi bod yn y car ers pedair awr! Neis, on'd yw e? Wir nawr Cat, mae ei waith yn rhyfeddol. A dyfala be? Roedd e yn y brifysgol gyda fy Wncl Gwynfor i!'

'Pwy, Dr Iestyn?'

'Na, Catrin! Mihangel Morgan. Cadw lan, wnei di?'

'Felly, roedd Mihangel Morgan yn y brifysgol gyda dy wncwl?'

'Yn union! Beth yw'r siawns o hynny?'

Eithaf uchel, meddyliodd Catrin wrthi ei hun, gan fod dy fam wedi canu yn y côr gyda hanner Cymru, a dy dad wedi chwarae rygbi gyda'r hanner arall.

'Ie, boncyrs, on'd ife. Ble nawr, y Woodman?' gofynnodd Elin.

‘Ro’n i’n meddwl am Lakes, gan bo ni wedi colli Happy Hour yn y Woodman.’

‘Mae Happy Hour o wyth tan ddeg yn y Woodman!’

‘Wyth tan ddeg? Ond mae hynny’n…’

‘Ie, dwi’n gwybod. Awn ni, ’te?’

A bant â nhw, gan wneud eu ffordd yn sigledig trwy’r coridorau ac i lawr grisiau’r brifysgol eto.

Pennod 8

Roedd y Woodman dan ei sang, ac yn swnllyd. Ffeindion nhw fwrdd bach yn y gornel, a gwasgu heibio i griw o bobl i gyrraedd eu seddi. Aeth Elin i nôl y diodydd, gan fod Catrin wedi bod 'mor garedig' â'i gwahodd i noson 'mor bleserus'. O edrych o'i chwmpas, gallai Catrin weld taw myfyrwyr oedd rhan fwyaf y bobl yn y dafarn. Roedd rhai yn edrych fel pe baent wedi dod yn syth o dŷ eu mam – gwallt taclus, cot law *sensible* a dillad newydd Tesco. Roedd gan eraill datŵs, gwallt blêr a shorts. Shorts! Pwy yn y byd oedd yn gwisgo shorts adeg yma'r flwyddyn? meddyliodd Catrin. Myfyrwyr! Ie, roedd hi'n gwybod taw myfyrwraig oedd hi, ond nid un fel y rhain – yn hunanbwysig, yn smyg, yn siarad yn ddigon uchel fel bo pawb yn y dafarn yn eu clywed. Byddai'n well 'da hi fod 'nôl yn y Lamb, gyda'r bois pŵl, yr adeiladwyr yn eu jîns paentlyd a thîm darts y menywod. Ar y gair, dyma Elin yn dod yn ôl o'r bar, yn uchel ei chloch, a'r gloch honno'n canu'n Gymraeg. Roedd hi'n amlwg yn *tipsy*, ac roedd yn rhaid i Catrin gyfaddef mor ddoniol oedd gweld Elin fel hyn. Roedd hi'n dal i wirioni am ei bod wedi cwrdd â Dr Iestyn a Mihangel Morgan, ond byddai'n well 'da Catrin pe bai hi'n canu eu clodydd llenyddol ryw fymryn yn dawelach. Roedd pobl yn edrych. Doedd Elin ddim yn ymwybodol o'r llygaid arni, gan ei bod yn siarad pwll y môr. O'r tu ôl iddi roedd 'na bobl yn eistedd ac yn edrych arni, ond roedd Catrin yn gallu gweld eu crechwenu.

Ceisiodd hi siarad yn dawelach, a nodio ac ysgwyd ei phen, ond roedd Elin yn hollol anymwybodol o'r ffaith fod ei chlochdar Cymraeg yn denu sylw hanner y dafarn. Clywodd un o'r bois mewn *chinos* a *loafers* brown yn dweud: 'It's such an awful sounding language – like gargling with pebbles!' Chwarddodd ei ffrindiau i gyd yn rhy uchel. Chlywodd Elin ddim. Roedd y ddau berson y tu ôl i Elin yn gwawdio'n agored ac yn chwerthin yn uchel erbyn hyn, ac roedd Catrin yn ysu i Elin stopio siarad Cymraeg, yn ysu'n daer arni i ddechrau siarad Saesneg, fel pawb arall. Roedd hi, wrth gwrs, yn teimlo ryw gymaint o gywilydd ohoni ei hun am feddwl fel hyn, ond bellach, roedd pawb yn edrych ar y ddwy ohonynt, ac roedd hi fel pe baen nhw'n aros i Catrin ddweud rhywbeth yn Gymraeg, er mwyn iddyn nhw gael chwerthin am ei phen hi hefyd.

Wrth gwrs doedd ar Catrin fel rheol ddim cywilydd o'i hiaith hi nac o Elin, ac oni ddylai deimlo'n gyfforddus yn siarad ei hiaith ei hun yn ei gwlad ei hun?

It's not my language though, is it, meddyliodd Catrin yn drist. *I'm just playing at it*, yn ceisio ffitio mewn, ac yn methu ar bob achlysur.

A dyma nhw, a'r Gymraeg yn destun gwawd yn y dafarn hon. Roedd hi wastad wedi bod yn falch o'i gallu i siarad Cymraeg, ond heno, gyda phobl yn ei gwylio, doedd hi ddim eisiau bod yn wahanol. Dyna i gyd.

Wrth i Elin siarad am ei ffrindiau gorau newydd – y beirdd bondigrybwyll – syllodd Catrin yn syth ar y *ringleader*. Sais.

Hynod o hyderus. Ymddangosai fel un y byddai'r merched eisiau cysgu 'da fe, a'r bechgyn eisiau bod yn fe. Daliodd Catrin ei lygaid a chodi ael, fel petai'n gofyn cwestiwn iddo. 'Wel?' Edrychodd e i ffwrdd, a dechrau siarad â rhywun wrth ei ochr arall.

Roedd Elin mor ddiniwed ag erioed. Roedd hi'n sgwrsio'n fywiog, mor hapus â'r gog. Edrychodd Catrin arni. Roedd hi mor sicr ohoni hi ei hun, yn sicr o'i hunaniaeth. Roedd hi'n gallu ffitio i mewn gyda'r Cymry Cymraeg, beirdd, academyddion a phobl y cymoedd. Roedd hi'n gwybod yn union pwy oedd hi. Ond pwy ydw i? holodd Catrin ei hun. Pwy yw fy 'llwyth' i? I bwy ydw i'n perthyn?

Edrychodd Elin ar ei horiawr. 'Pryd mae'r trên olaf yn mynd?'

'Pum munud wedi deg. Un arall cyn mynd? A dal Kebabylon cyn iddyn nhw gau? Prynaf i'r rhain.'

Arhosodd Catrin wrth y bar, ymysg y myfyrwyr eraill. Roedden nhw i gyd ddeng mlynedd yn ifancach na hi, ond yn rhyw droedfedd yn dalach. Pwysodd ar y bar, â'i phenelinoedd yn *akimbo* – beth bynnag yw hynny'n Gymraeg – yn saethu allan wrth ei hochrau fel cyllyll, yn hawlio ei lle.

'Hi, can I ge' a pint of dark fruits and two pints of Old Stormy, mate?' meddai llais o'i tu ôl.

Culhaodd Catrin ei llygaid, a throi rownd a gweld y bachgen oedd wedi bod yn gwneud hwyl am eu pennau.

'Scuse me, "*mate*", there's other people in front of you, you know.'

Roedd hi mor grac, am ei fod wedi gwneud hwyl am eu pennau, am ei fod yn yfed cwrw crefft a seidr ffrwythau, fel Hipster, ac am ei fod wedi gofyn 'Can i ge'?' a galw'r barman yn 'mate'. Cofiodd Catrin y noson honno yn y Lamb dros y Nadolig, pan ddaeth bachgen o'i stryd hi i'r bar a gofyn, 'Can I ge' a pint of Fosters, please?' Roedd yn amlwg ei fod wedi bod i ffwrdd i'r brifysgol a cheisio colli acen y cymoedd. Stopiodd y landlady yn y fan a'r lle, rhoi'r gorau i sychu'r gwydrau, a syllu arno'n grac, gan ddweud, 'You can 'ave a pint of Fosters when you ask me tidy!' Roedd pawb o'i chwmpas yn morio chwerthin, a dyna lle roedd y bachgen druan, mor goch â'i grys T Che Guevara.

Talodd Catrin am ei diodydd a throi rownd. Roedd Elin yn ei wynebu nawr, ac yn codi ei llaw. Wrth i Catrin wasgu heibio i'r boi, safodd ar flaenau ei thraed a sibrwd yn ei glust er mwyn i neb ond fe glywed, 'Do you have such a big mouth to make up for having a really small dick?'. Teimlodd Catrin gymysgedd o adrenalin, cynddaredd a balchder ar ôl dweud rhywbeth wrth y coc oen. Roedd hi'n gallu clywed curiad ei chalon yn ei chlustiau ac roedd ei hwyneb yn fflamgoch. Er nad oedd hi wedi ymateb mor gyflym ag y dylai hi fod wedi, roedd hi'n teimlo ychydig o ryddhad ei bod hi wedi dweud rhywbeth i dynnu ychydig o'r gwynt o'i hwyliau. Mae'n rhaid bod gwin, caws a barddoniaeth wedi cael effaith ryfedd i Catrin ymateb fel hyn. Rhuthrodd yn ôl at Elin cyn iddo gael cyfle i daro 'nôl.

'Co ti, El!'

'Diolch. Beth o't ti'n ddweud wrth y boi 'na?'

'O, dweud wrtho fe bod Happy Hour yn dod i ben o'n i. Down the hatch, 'te!'

Ar y daith adref, doedd dim awydd siarad ryw lawer ar yr un ohonyn nhw. Eisteddodd y ddwy yn wynebu ei gilydd, â symudiad y trên fel llaw ar grud babi yn gwneud iddyn nhw deimlo'n flinedig. Roedd hi wedi bod yn ddiwrnod hir, ac roedden nhw wedi yfed eithaf tipyn – y mwyafrif llethol am ddim. Roedd perfedd Catrin yn corddi, ond nid o ganlyniad i'r caws rhad na'r yfed. Teimlai'n amddiffynnol o Elin, ac o'i Chymraeg, ond hefyd teimlai fel pe bai wedi bradychu'r ddwy, ac ni allai ond suddo'n ddyfnach i'w sedd.

Ni allai hi ddweud wrth Elin nad oedd hi wedi mwynhau'r lansiad llyfr – ar wahân i'r bŵs am ddim, ac nad oedd hi wedi mwynhau'r cerddi, ac nad oedd hi wedi mwynhau bod yn y dafarn. Ceisiodd hi wenu ar Elin, a hithau'n gwenu o glust i glust, ei llygaid hanner ar gau, a'i phen yn pendwmpian o ochr i ochr gyda phob symudiad o'r trên.

Roedd yr un hen gwestiwn yn dal i gorddi ynddi. A oedd hi'n Gymraes, fel Elin? A oedd hi'n perthyn i'r byd 'ma – y byd Cymraeg? O ddydd i ddydd, gallai osgoi'r teimlad, ei guddio, ei wadu, wrth iddi fynychu darlithoedd yn y Gymraeg, a sgwrsio ag Elin yn y tŷ, ond heno, roedd hi wedi cael rhyw fath o *reality check*. Ac yng nghwmni'r deallusion, roedd hi eto'n teimlo'n israddol, am nad oedd hi'n ddigon da, ddim yn rhannu'r un cefndir; ddim yn ddigon Cymreig i wybod taw dyn oedd Rhydwen Williams. Ac er ei bod yn falch o'i hiaith newydd, ei diwylliant, treftadaeth ac ati, doedd dim modd dianc rhag y ffaith ei bod hi heno rywsut ar y tu fas.

Gadawodd y ddwy gynhesrwydd y trên, a chamu allan i awyr oer y nos. Roedd sŵn eu traed yn uwch yn nhawelwch y strydoedd gwag, a'r ddwy yn gwneud eu gorau i beidio â simsanu'n igam-ogam. Disgynnodd glaw mân a gorchuddio sbectol Catrin, ond gwyddai y gallai ffeindio ei ffordd adre, pe bai ond yn dilyn ei thrwyn bob cam tuag at Kebabylon.

Bwyton nhw eu sglodion, a'u mwynhau wrth gerdded adref. Mae rhywbeth braf am wacen unig yn y nos yng nghwmni ffrind, ond roedd Catrin yn methu aros i fynd i'r gwely er mwyn bod ar ei phen ei hun. Roedd cwmni Elin wedi bod yn hyfryd, ond roedd hi wedi cael digon ohoni nawr. Fedrai hi ddim stumogi'r un gair arall am Mihangel Morgan, na Dr Iestyn, alumni Prifysgol Aberystwyth, nac unrhyw beth arall o fyd bach plwyfol, Cymraeg Elin.

Yn ei gwely, yn y tywyllwch, chwaraeodd meddwl Catrin dros ddigwyddiadau'r noson. Wrth gwrs ei bod yn hoff o Elin a Dr Iestyn, ond roedd rhywbeth amdanyn nhw heno oedd yn chwarae ar ei nerfau. Wrth iddi eu gweld nhw gyda'i gilydd, teimlodd ei bod hi ar yr ymylon, fel arfer. Roedden nhw yno yn y brifysgol, ei byd hi, ac Elin yno ar ei gwahoddiad hi, ond hi rywsut oedd yr un ar y tu fas. Roedden nhw'n rhy gyfforddus, rhy gyfeillgar, rhy... Gymraeg, rhywsut. Ac oedd, roedd hi'n genfigennus. Gorweddodd yn ei gwely, ac edrych i lan trwy'i ffenestr ar y sêr uwchben. Yn ogystal â theimlo'n unig, dyma deimlo'n euog hefyd. Meddyliodd am ei holl ffrindiau a thiwtoriaid, a'r bobl oedd wedi bod mor gefnogol ohoni wrth iddi ddysgu Cymraeg; Dr Iestyn, a oedd, heb os, wedi bod mor falch o'i gweld heno, ac Elin, a hithau mor hapus, ac mor ddiolchgar am y gwahoddiad. Meddyliodd am Mair lawr y stryd, sy'n gwybod bod Catrin wedi dysgu Cymraeg ac sydd wastad yn cael sgwrs 'da hi, y dyn yn y llyfrgell, ond yn bennaf efallai, ei mam-gu a fu'n ysgogiad dros ailgysylltu â'r Gymraeg yn y lle cyntaf. Teimlai Catrin fel pe bai wedi bradychu pob un ohonyn nhw am beidio sefyll lan dros y Gymraeg yn y dafarn a dim ond gwneud sylw plentynnaidd am faint pidyn y boi. Cofiodd 'nôl i'w dyddiau yn yr Ysgol Sul, a'r stori am Judas. Ie, teimlai fel Judas am ei bod wedi bradychu ei ffrindiau a phawb sydd wedi bod yn gefn iddi dros y blynyddoedd. Iawn, doedd neb yn mynd i gael ei groeshoelio ar ôl ei bradychiad hi, ond roedd hi'n dal i deimlo fel shit.

Wrth iddi wylio un cwmwl mawr llwyd yn cropian o flaen y lleuad, daeth yr un geiriau cyfarwydd i'w meddwl eto. Geiriau cerdd o'i dyddiau ysgol: 'The moon was a ghostly galleon tossed upon cloudy seas'. Gwenodd, wrth iddi gofio dysgu'r gerdd ar ei chof yn yr ysgol gynradd. Roedd bron i ugain mlynedd wedi pasio, ond gallai gofio pob gair. Mae ambell beth yn bwrw gwreiddiau yn y meddwl, a byddan nhw yno am byth. Cafodd ei tharo gan y ffaith bod popeth yn ei bywyd hyd yn hyn wedi digwydd trwy gyfrwng y Saesneg – yr ysgol, yr holl ganeuon, straeon a cherddi, yr Ysgol Sul. Doedd ganddi ddim hanes yn y Gymraeg. Doedd hi ddim yn bod yn y Gymraeg. Dyma pam nad oedd hi'r un peth ag Elin a Dr Iestyn. Roedd diwylliant wedi'i rannu gyda nhw. A does dim ots pa mor galed y gweithiai i geisio dala lan, allai hi byth newid ei gorffennol.

Ddylwn i ddim bod wedi dysgu Cymraeg, meddyliodd. Roeddwn i'n teimlo'n well amdana i fy hun pan nad o'n i ei medru. O leiaf roeddwn i'n gwybod pwy o'n i bryd hynny. A fyddai hi wastad yn teimlo'n wahanol, yn israddol? Doedd hi ddim yn perthyn i foreau coffi'r dysgwyr bellach, na'r grwpiau 'peint a chlonc', ac roedd hi'n rhy gymwys i gystadlu yn Eisteddfod y Dysgwyr hefyd. Ond eto i gyd, teimlai gant a mil o filltiroedd i ffwrdd o'r byd y mae Elin a Dr Iestyn yn byw ynddo. Gwyddai fod ganddi duedd i orfeddwl, yn enwedig ar ôl yfed ac yn ystod oriau mân y bore. Gwyliodd y sgwâr bach o awyr yn troi mor dywyll â'i meddyliau, nes iddi, o'r diwedd, gwympo i gysgu.

Pennod 9

Roedden nhw wedi bod yn ddigon ffodus i gael gwahoddiad i aros gyda ffrindiau Catrin yng Nghaerdydd yn ystod yr Eisteddfod. Roedd Sara, Phillip ac Austin wedi mynd i'r brifysgol yng Nghaerdydd, a phenderfynu aros yno ar ôl graddio a chael swyddi yn y ddinas. Roedden nhw'n byw ger y carchar, yng nghanol y ddinas, felly roedd y lleoliad yn ddelfrydol er mwyn cerdded lawr i'r bae lle roedd yr ŵyl yn cael ei chynnal.

Roedd hon yn Eisteddfod wahanol i'r Eisteddfodau arferol a fyddai'n digwydd mewn caeau ledled Cymru. Eisteddfod 'heb ffiniau' oedd hon, fel y byddai Dr Iestyn yn cyfeirio ati o hyd. Roedd hynny'n golygu nad oedd angen talu i fynd mewn. Y ffaith nad oedd angen talu a'r ffaith bod digon o lefydd i yfed yno oedd yr unig ffordd y llwyddodd Catrin ac Elin i berswadio Biggsy, Lauren a Liam i ddod. Cyrhaeddodd Catrin ac Elin Gaerdydd ddiwrnod cyn bod gweddill y giang yn ymuno â nhw gan eu bod yn fwy eiddgar i grwydro'r Maes yn yr haul a gweld beth oedd yn mynd ymlaen. Roedden nhw wedi mynychu gwyliau tebyg yn y bae yn y gorffennol, ond doedd Catrin erioed wedi bod i unrhyw fath o Eisteddfod.

Er bod Catrin wedi clywed y Gymraeg yn cael ei siarad yng Nghaerdydd o bryd i'w gilydd, roedd rhywbeth od am gerdded o gwmpas Bae Caerdydd a chlywed bob yn ail berson yn siarad Cymraeg, gyda phob math o acenion. Roedd hi wedi bod eisiau mynd ers blynyddoedd ond nawr, roedd ganddi Elin, y cwmni perffaith i rannu'r profiad gyda hi, ac roedd rhywbeth yn braf iawn am hynny.

Aethon nhw o stondin fwyd i far i stondin emwaith, ac o stondin wybodaeth i stondin ddillad, gan gasglu pob math o fathodynnau, beiros, bagiau a baneri ar eu ffordd. Prynon nhw hufen iâ, a ffeindio lle i eistedd ar fainc gyferbyn â llwyfan perfformio yn yr awyr agored. Er gwaetha'r ffaith ei bod hi'n haf yng Nghymru a bod y digwyddiad yn yr awyr agored, roedd hi'n heulog! A dweud y gwir, roedd hi'n boeth. Llyfon nhw eu hufen iâ'n ddistaw, gan fwynhau'r haul a chan edrych ar y bobl a oedd yn mynd heibio. Roedd llawer o deuluoedd yn crwydro ling-di-long ar hyd y maes, nid dim ond tadau, mamau a'u plant, ond teuluoedd estynedig hefyd, gyda babanod mewn pramiau ac ambell fam-gu mewn cadair olwyn. Tra eu bod nhw'n eistedd, dechreuon nhw sylwi bod y rhan fwyaf o bobl a oedd yn mynd heibio yn dilyn patrwm ymddygiadol tebyg; gweld rhywun roedden nhw'n eu hadnabod a gweiddi 'Helô, chi'n iawn?', cyn y cwtshys, 'chi 'ma drwy'r wythnos?', cyfnewid clecs, a'r plant wedyn yn tynnu eu rhieni fel eu bod nhw'n rhoi'r gorau i glebran, cyn iddyn nhw gael eu cyflwyno wedyn wrth gwrs i'r cyfeillion dieithr.

Ymddangosai fel pe bai pawb yn yr Eisteddfod yn adnabod pawb arall, ond nid oedd Catrin wedi gweld neb roedd hi'n ei adnabod. Doedd hi ddim wedi gweld y merched o'r brifysgol, a'r unig berson arall a fyddai yno o bosib oedd Dr Iestyn, ond doedd hi ddim wedi ei weld e chwaith. Roedd Elin ar y llaw arall yn adnabod pawb ac yn hapus iawn i gael sgwrs gydag unrhyw un gan wneud iddo fe edrych mor ddiymdrech!

Ar ôl gorffen sgwrs arbennig o hir gyda menyw oedd yn edrych yn boeth iawn mewn du i gyd oni bai am fwclis enfawr binc, cyhoeddodd Elin ei bod wedi gweld bar jin, a llongyfarchodd Catrin hi am fod mor graff.

'Maen nhw'n neud coctêls jin a phopeth. Be ti moyn, Cat?'

'Dim ots, cyhyd a'i fod e'n oer, a bod jin ynddo.'

A bant â hi i gyfeiriad y garafán liwgar â'i baneri JIN.

Mynnwyd sylw Catrin gan grŵp mawr o dwristiaid a oedd yn siarad yn uchel a chraffu ar fapiau wrth chwifio eu breichiau mewn rhyw ddadl. Oedden nhw ar goll, neu oedden nhw'n ceisio penderfynu ble i fynd? Roedd golwg wedi drysu ar eu hwynebau, a gwelodd un dyn fod Catrin yn edrych i'w cyfeiriad. Edrychodd hi i ffwrdd yn gyflym, ond cerddodd e ati a gofyn beth oedd yn mynd ymlaen o'u cwmpas. Cynhyrfodd Catrin yn syth. Sut allai hi esbonio'r Eisteddfod i grŵp o bobl o ben draw'r byd, pan nad oedd hi'n sicr yn union beth oedd yn mynd ymlaen ei hunan. Cliriodd ei gwddf.

'It's a cultural festival which is held every year in Wales,' meddai, gan geisio siarad yn araf ac yn glir.

'It celebrates Welsh poetry, music and literature.' Roedd y dyn ifanc yn amneidio â'i ben gan wrando'n astud, a oedd yn arwydd da meddyliodd.

'There are lots of concerts, activities for children and adults, and it's a chance for Wales to show the rest of the world...' ciliodd ei llais.

'Umm, yes, a chance to show the world the best of Welsh culture.'

Doedd y dyn ddim fel pe bai wedi ei argyhoeddi, ond diolchodd i Catrin a throi yn ôl at ei ffrindiau, a oedd i gyd bellach yn tynnu lluniau o grŵp o fenywod Cymreig gyda lampshades ar eu pennau, fel rhan o osodiad celf, fwy na thebyg.

Daeth Elin yn ôl gan gario dau goctêl enfawr ac ymbarél ynddyn nhw. Roedd hi'n gwenu o glust i glust.

'Ro'n i'n siarad â chwpl o fechgyn o Dregaron. Ro'n nhw'n arfer bod yn y Ffermwyr Ifanc. Mae gang ohonyn nhw wedi dod lawr. Dwedais falle wnawn ni ddal lan 'da nhw heno.' Gan roi'r ddiod i Catrin, ychwanegodd, 'Dyna ti, ges i Cranogwen i ti, a ges i Owain Glyndŵr.'

Derbyniodd y ddiod ac edrych ar Elin yn amheus.

'Ond mae jin ynddo, oes?'

'Wrth gwrs!' chwarddodd Elin. 'A mefus yn dy un di, a mintys yn fy un i.'

'Diolch El.' Cododd Catrin ei bicer plastig a chraffu arno. Cymerodd hi lond ceg o'r hylif pinc. Ddim yn ddrwg o bell ffordd. 'Felly, beth yw'r cysylltiad rhwng Cranogwen a mefus?'

Cododd Elin ei hysgwyddau, wrth sipio'n hapus trwy'i gwelltyn.

'A mintys ac Owain Glyndŵr?'

'Dim clem!'

'Felly, maen nhw'n jyst gwneud coctêls normal, slapio enwau Cymraeg arnyn nhw ar gyfer yr Eisteddfod ac ychwanegu dwy bunt at y pris.'

'Fwy na thebyg,' atebodd Elin, heb feddwl gormod am y peth.

Parhaon nhw i fwynhau eu coctêls tra bod eu hwynebau'n troi'n bincach ac yn bincach, efallai oherwydd y jin, neu efallai oherwydd yr haul, dim ond yn y bore bydden nhw'n ffeindio mas. Gwylion nhw'r perfformiadau ar y llwyfan o'u blaenau. Ar ôl cymryd y llwnc olaf, penderfynodd Catrin ddweud wrth Elin wrth chwarae gyda'i chwpan yn lletchwith, ei bod hi wedi cyflwyno cerdd i gystadleuaeth y Goron. Ffrwydrodd Elin gyda chyffro gan sarnu yr hyn oedd yn weddill o'i diod. Dyna'r mwyaf cyffrous yr oedd Catrin wedi gweld Elin ers iddi gwrdd â Mihangel Morgan yn lansiad Dr Iestyn. Roedd hi'n gwybod y byddai Elin yn deall ac yn ei chefnogi. Teimlai ychydig yn ysgafnach o fod wedi dweud wrth rywun ei bod hi wedi cystadlu hefyd. Roedd y ddwy yn edrych ymlaen at y diwrnod canlynol yn barod gan fod Lauren, Liam a Biggsy yn ymuno â nhw, ond roedd hyd yn oed mwy o reswm gyda nhw i edrych ymlaen ato nawr wrth iddyn nhw fynychu seremoni'r Coroni. Fel arfer, byddai pethau Cymraeg ym mywyd Catrin yn digwydd ar wahân i'w ffrindiau, ac ar wahân i bob agwedd arall o'i bywyd, felly byddai fory yn brofiad unigryw wrth i ddwy ran ei bywyd ddod at ei gilydd am unwaith. Gwyddai y byddai ei mam-gu wedi bod yn falch ohoni.

Pennod 10

Fore trannoeth, cyrhaeddodd Lauren, Biggsy a Liam o'r orsaf drenau cyn i Catrin ac Elin wisgo. Ar ôl cael diwrnod mor hir y diwrnod cynt, roedden nhw'n araf yn paratoi. Teimlai Catrin yn fregus, er iddi gymryd dau *paracetamol* ac yfed peint o ddŵr am wyth o'r gloch y bore. Gwnaeth Elin goffi i bawb a dangos iddyn nhw ble fydden nhw'n aros.

Yn y stafell wely, roedd Catrin yn gorwedd ar y gwely yn ei jîns a'i bra, ei hwyneb yn y dŵfe yn ddisymud.

'Dwi'n meddwl bo fi'n marw,' dywedodd wrth y dŵfe.

'Byddi di'n iawn, siŵr,' meddai Elin wrth agor y llenni. 'Bydd y *paracetamol* yn cicio mewn nawr. Mae dy freichiau'n ofnadwy o goch. Ti moyn i fi roi *aloe vera* arnat ti? Des i â pheth gyda fi.' Rhwbiodd Elin yr eli ar freichiau ac ysgwyddau Catrin, wrth iddi riddfan yn ddiolchgar.

'Dere, gwisga nawr, ac awn ni i'r dref am frecwast.'

Roliodd Catrin drosodd ar ei chefn, yn dal i edrych yn farwaidd.

'O, dwi'n mynd i wisgo, unrhyw foment nawr,' cyhoeddodd. Ac wedyn, mewn modd braidd yn ddramatig, 'Mae'n rhaid i fi – er mwyn fy ffrindiau, er mwyn yr Eisteddfod, er mwyn yr iaith

Gymraeg ei hun. Pasia'r top 'na i fi, wnei di?'

Chwifiodd ei braich i gyfeiriad gwaelod y gwely, a thaflodd Elin ei thop ati, gan ddweud, 'Co ti, yfa dy goffi hefyd, dwi'n mynd i gael cawod sydyn a gwisgo.'

Erbyn i Elin redeg i lawr y grisiau, roedd Catrin wedi gwisgo. Roedd hi'n eithaf gwelw, ac roedd ei bola'n teimlo fel pe bai crochan o wenwyn yn mudferwi ynddo, ond o leiaf roedd hi'n barod. Neidiodd Biggsy ar ei draed, gan rwbio'i ddwylo ynghyd.

'Right, let's 'ave it!'

Dilynodd pawb e; Liam a'i wallt perffaith, sbectol haul, persawr, yn teimlo'n lwcus, heb os; Elin a'i hwyneb pinc yn disgleirio; Lauren a'i gwefusau llawn, amrannau mor ddu a thrwchus ag adenydd brân ac esgidiau y byddai'n difaru eu gwisgo o fewn awr. Yr olaf drwy'r drws oedd Catrin, a edrychai'n rhy wan i gyrraedd pen y stryd, heb sôn am dreulio diwrnod arall mas yn yr haul crasboeth. Roedd Biggsy ei hun yn llawn o'i egni arferol, a chyda'i *fresh cut* a chrys newydd, roedd e bron yn bownsio i lawr llwybr yr ardd i'r stryd.

'Bore da!' rhuodd wrth ryw ddyn oedd yn mynd heibio ar ei feic, a hwnnw'n agos at gwympo oddi arno, oherwydd y sioc.

'Jesus, Biggs, turn it down a bit, will you?' cwynodd Catrin. Nid ei ddefnydd o'r Gymraeg oedd y broblem, ond ei egni di-ben-draw. Roedd e mor... mor gymoedd-lyd, ac yn y ddinas byddai cystal iddo wisgo crys T â'r geiriau VALLEYS BOY arno. Dyna fe, wrthi eisoes yn cyfarch cymydog arall gyda'i 'Alright son?' arferol.

'O, druan, mae e wedi cyffroi, dyna i gyd,' cysurodd Elin. 'Mae'n edrych ymlaen at ei Steddfod gynta.' Ni allai guddio'r balchder yn ei llais.

'Looking forward to getting pissed, more like,' galwodd Liam dros ei ysgwydd.

Anwybyddodd Elin e. 'Biggsy!' galwodd. 'Shall we find somewhere in town to get a coffee and some breakfast?'

'A pint and some breakfast more like,' atebodd yntau.

Ar ôl cael brecwast llawn a pheint, penderfynodd Catrin mai'r unig ffordd ymlaen oedd i aros yn lled feddw trwy'r dydd. Dim gormod, dim ond digon i gadw'r pen tost yn ei le a hi ei hun rhag chwydu. Gyda'u boliau'n llawn, cerddon nhw draw i orsaf drenau Stryd y Frenhines. Roedd yr orsaf mor llawn ag yw hi pan mae Cymru'n chwarae, ac roedd y Gymraeg i'w chlywed o bob cyfeiriad, yn creu awyrgylch pur wahanol heddiw. Roedd ymdeimlad o gyffro o'u cwmpas. Gwthion nhw eu ffordd ar y trên nesaf i Fae Caerdydd. Roedd hwnnw'n orlawn yn barod, ond roedd pobl yn hapus a siaradus, mewn hwyliau da. Eto, sylwodd Catrin fod llawer o Gymraeg ar y trên, a mwy nag unwaith, credai ei bod yn gallu clywed Tudur Owen yn y cefndir, ond bob un tro, wedi iddi edrych, sylweddolodd mai dim ond rhyw ddyn arall o Ynys Môn oedd yno, a byddai cannoedd o Duduriaid tebyg i lawr yn y bae heddiw, siŵr o fod. Roedd nifer o deuluoedd ifanc ar y trên hefyd, ac ystyriodd Catrin beth allai fod yn eu denu i'r Eisteddfod, a hithau heb brofi'r peth cyn ddoe. Roedd hi a'r criw yn mynd i weld seremoni'r Coroni, wrth gwrs, ond yn bennaf oll, roedden nhw'n mynd yno i yfed a gweld bandiau.

Ar ôl dod oddi ar y trên, y peth cyntaf a welon nhw oedd band ifanc yn chwarae set acwstig ar lwyfan bach, felly stopion nhw i wrando am rai munudau. Roedd gan Catrin deimlad da am y diwrnod o'i blaen, ac er ei bod yn dal i grynu, a'r chwys yn rhedeg i lawr ei chefn a rhwng ei bronnau, roedd hi'n benderfynol ei bod yn mynd i fwynhau'r diwrnod.

Cerddon nhw i lawr i'r prif lwyfan, gan stopio i brynu diodydd. Crwydron nhw o gwmpas y stondinau, roedd rhywbeth i'w weld neu wneud ymhobman. Gwylion nhw grŵp yn gwneud sgiliau syrcas, wedyn aeth band samba swnllyd heibio gan fwrw eu drymiau a chwythu eu chwibanau'n uwch ac yn uwch. Roedd pen Catrin yn eithaf bregus o hyd, felly roedd hi'n eithaf balch pan aethon nhw heibio. Wrth iddyn nhw gerdded, edrychon nhw ar y stondinau yn gwerthu pob math o nwyddau Cymreig; gemwaith, crysau T, cwpanau ac enwau arnyn nhw a byrddau'n llawn CDs a llyfrau. Roedd Elin eisiau mynd i mewn, felly aethon nhw i gyd i mewn gyda hi. Roedd Catrin yn falch o fod mas o'r haul ac o'r cyfle i eistedd am funud. Cododd ei sbectol haul a'u rhoi ar ei phen, cyn taflu cipolwg ar y llyfrau ar y silff o'i blaen. Edrychodd Lauren a'r bechgyn ar y silff o CDs gan ddyfalu pa fath o foi oedd Dafydd Iwan a pha fath o fiwsig a ddeuai o gitâr Gai Toms, cyn i Elin Fflur ddal llygad Liam, am resymau amlwg.

'Never heard of them, never heard of them.' Roedd Biggsy yn symud ei fys ar hyd y rhes o gloriau anghyfarwydd.

'Not surprising really, since you don't speak Welsh, and have no interest in Welsh bands,' brathodd Catrin yn ddiamynedd.

Roedd Elin wedi symud yn ei blaen at fwrdd o lyfrau. Dilynodd pawb fel defaid ansicr. Roedd yn amlwg i Catrin eu bod nhw mas o'u *comfort zone*, a dechreuodd hi boeni am weddill y dydd. Os oedd modd i silff o CDs Cymraeg eu dieithrio a'u parlysu, sut effaith fyddai'r Orsedd a'r Coroni yn eu cael arnyn nhw?

'What's this one called?' gofynnodd Biggsy, wrth godi llyfr o'r bwrdd.

'Err, "Release the Crab"?' atebodd Elin. 'I've got it, it's really good.'

'What's it about? Has she got crabs?' a throdd e'r llyfr drosodd i 'ddarllen' y clawr cefn.

Dechreuodd Elin esbonio, ond cyn pen brawddeg, roedd meddwl Biggsy wedi symud ymlaen.

'What does this one mean, El?'

'Wedding Notebook.'

'What about this one, "Melanie Goolan"?'

'Melinau Gwlân. That's woollen mills. Like it says in English on the front.'

'What about this, is this porn?' gan godi llyfr o'r enw *Cofio Dic*, yn llawn cyffro.

'Does dic mean dick? Do they even have porn in Welsh?'

'It means "Remembering Dick",' atebodd Elin.

Gafaelodd Lauren yn y gyfrol a'i wthio i mewn i ddwylo Catrin. 'You should buy that, Cat. Since you can barely remember what dick is!'

Cochodd Catrin, a chodi ar ei thraed i roi'r llyfr yn ôl ar y bwrdd yn gyflym.

Rhoddodd Elin y llyfr roedd hi'n edrych arno yn ôl ar y bwrdd a gadael y babell yn gyflym, gyda'r gweddill yn ei dilyn, fel plant direidus ar daith ysgol. Safon nhw ar bwys y babell, gan geisio gweithio mas ble i fynd nesaf, a'r foment honno, yn sydyn, dyma lais fel o'r nefoedd yn gofyn yn anghrediniol, 'Nefoedd yr adar! Ai Liam Powell yw hwnna?' Trodd pawb rownd a gweld hen fenyw fach yn sefyll o'u blaen, ei gwallt cyrliog yn llwyd ac yn wyllt.

'Oh my God,' mwmiodd Liam, a'r arswyd yn amlwg yn ei lais.

'Wel, ro'n i'n meddwl mai ti oedd e! Shwt wyt ti, bach?'

Mwmiodd Liam ei fod yn iawn diolch, ac wedyn bod ei rieni'n iawn hefyd, fel pe bai e'n saith mlwydd oed. Roedd Catrin a Lauren yn rhyw biffian chwerthin, ond roedd y sioc o weld Liam yn ymddwyn fel hyn yn ddigon i dawelu'r awydd i forio chwerthin. Dyfalodd Catrin, o weld Liam yn siarad Cymraeg mai hen athrawes oedd y fenyw. Dywedodd wrtho ei bod wedi ymddeol ac yn gweithio rhan amser mewn siop elusen ym Mhontypridd, ac yn gofalu am ei hwyres. Dywedodd Liam rywbeth am y siop carpedi, ond ar ôl hynny roedd Catrin a Lauren wedi dod dros y sioc a bellach yn edrych ar eu ffonau, wedi eu diflasu. Roedd Biggsy'n symud ei bwysau o'r naill droed i'r llall ac yn llygadu'r Maes.

'I'm off to get some water,' meddai, a diflannu o'r golwg.

Parhaodd yr athrawes i ofyn i Liam am ei ffrindiau ysgol. Llwyddodd i ateb mewn brawddegau syml, sylwodd Catrin, ond roedd e'n ymddangos fel plentyn yn siarad ag athrawes, hyd yn oed nawr. Go brin y gallai e edrych yn fwy anghyfforddus pe byddai'r ddynes wedi rhedeg tuag ato fe'n noeth a neidio i mewn i'w freichiau.

'Well, that was embarrassing,' cyffesodd ar ôl iddi adael. 'I haven't seen her since school.' Edrychodd Catrin a Lauren lan o'u ffonau. Wedyn, newidiodd wyneb Liam, a daeth golwg hiraethus dros ei wyneb, fel petai rhyw atgof melys wedi cerdded i'w feddwl. 'Me and the boys used to love Mrs Barnes in Year 9. She never used to wear a bra. Always looked like she was smuggling peanuts under her top.'

Edrychodd Catrin a Lauren tuag at gyfeiriad Mrs Barnes yn amheus a thynnu wynebau.

Ar hynny, daeth Biggsy'n ôl gan gario potel o ddŵr yn un llaw a stwffio ci poeth i mewn i'w geg â'r llaw arall.

'Bloody 'ell, Biggsy,' ebychodd Lauren. 'You've just put away a cooked breakfast. How can you fit in a hot dog as well?'

'I went for water, but then I smelt the onions cooking. Anyway, it's only a small one, to line my stomach a bit.' Patiodd ei fol. Cymerodd e gnoad mawr, ac ar ganol ei gnoi gofynnodd, 'So who was that old bird then?'

'Mrs Barnes, my old form teacher,' atebodd Liam.

Lledodd llygaid Biggsy. 'Woah, the one that never used to

wear a bra?' ac edrychodd e i'r pellter wedi'i gyffroi, gan chwilio amdani. 'Was she wearing one today?' Safodd ar flaenau ei draed gyda'i law yn cysgodi'i llygaid, gan sganio'r dorf.

'I don't know, mun! Anyway, her tits are about 60 now, aren't they, like the rest of her? I don't want to look at them!'

Teimlodd Catrin yn gyfoglyd oherwydd natur ddichwaeth y sgwrs, heb sôn am y gwres, a cheisiodd newid y pwnc.

'Let's go and look for some bands. El, where's the best place to go?'

Tynnodd Elin fap papur bach o'i bag, a'i astudio a'i droi ben i waered tra eu bod yn cerdded.

'Ga i?' gofynnodd Catrin, gan gymryd y map o'i dwylo. Pwyntiodd at rywbeth arno. 'Felly, os mai dyna Maes B, ble mae Maes A?' a throdd hi'r map drosodd i weld beth oedd ar yr ochr arall.

'Be ti'n feddwl?'

'Dim ond Maes B sydd ar y map. Ble mae Maes A?'

'Does dim Maes A, myn!' ebychodd Elin, fel pe bai hyn yn ffaith hollol amlwg.

'Felly pam Maes B, 'te?'

'Maes B yw'r lle i fandiau! C'mon,' galwodd. 'We'll go down this way and have a look at the bands, is it?'

Dilynodd pawb hi, wrth geisio osgoi bwrw i mewn i bobl, a sefyll ar draed eu cyd-Steddfodwyr yn y dorf. Tra eu bod yn cerdded, gwelodd Catrin ddwy ferch yn nesáu, ac roedd un ohonyn nhw'n cario clipfwrdd.

'O na,' sibrydodd dan ei hanadl. 'Deiseb! Ymgyrchwyr!' hisiodd trwy'i dannedd, ond doedd Liam ddim yn deall. Roedd y merched wedi'u clocio nhw, ac yn symud tuag atynt, fel dau lwynog a'u dwy sefydlog fflam ar oen gwannaf y praidd. Dywedon nhw 'helô', a sôn am y tywydd a pha mor lwcus oedd y Steddfod fod yr haul yn gwenu arni. Yn sydyn, sylweddolodd Catrin bod hunllef pob dysgwr Cymraeg yn ei hwynebu – Gogs. Ond nid Gogs cyffredin mo'r ddwy hyn; nid Gogs normal, ond Gogs brwdfrydig, angerddol. Felly, os oedd Catrin wedi cael trafferth i ddeall y 'Tuduriaid' ar y trên, dyma hi nawr yn gorfod delio â pharabl cyflym dwy a'u hacen ddiarth, a hynny i gyfeiliant band pres yn diasbedain yn y cefndir.

'Mae'n flin 'da fi. Ddim yn deall. Dysgwraig ydw i.'

Fe'u cyfeiriodd at Elin, a dianc, gan deimlo'n falch o dactegau ei meddwl chwim. Clywodd Catrin rywbeth am dai newydd, a rhywbeth am y Gymraeg, cyn i'w geiriau gael eu boddi gan y band pres. Boed yn Gymraeg neu'n Saesneg, a hithau'n ddiwrnod mor fendigedig, doedd gan Catrin ddim lot o amynedd i sgwrsio'n wleidyddol ag unrhyw un. Yfed, bwyta a gweld y bandiau oedd ei nod. Mewn gwirionedd, roedd hi'n ceisio osgoi meddwl am y gystadleuaeth yn y prynhawn. Roedd ei cherdd yn eithaf da, yn ôl Dr Iestyn, ond roedd e wedi awgrymu rhai newidiadau, ac roedd Catrin wedi gwrando ar ei adborth a'i awgrymiadau. Wrth gwrs, roedd hi'n gwybod nad oedd hi'n mynd i ennill y Goron, ond byddai'n beth da i gael tystysgrif, neu ganmoliaeth neu rywbeth.

Roedd Liam yn edrych yn grac wrth iddynt aros am Elin.

'Dy dro di i aros nawr!' gwenodd Catrin arno'n goeglyd. Doedd dim ymateb. Nid fe oedd y person mwyaf amyneddgar. 'Gad iddi fod, myn!' chwarddodd Catrin. 'Mae'n hoffi siarad â phobl am bethe Cymraeg, ac a bod yn deg, 'sdim lot o gyfle iddi siarad Cymraeg yn y tŷ, oes e? Nid gyda ti, *anyway*. 'Drycha arni, wrth ei bodd!'

'I just want to go,' cwynodd Liam yn bigog. 'Not hang around while she talks to strangers about Welsh schools or whatever. I mean, you don't come for a day out on the piss to talk about schools, do you?'

Yn sydyn, roedd cyffro ymysg y dorf. Ymddangosodd stiwardiaid yn gwisgo crysau melyn gan hollti'r dorf fel y Môr Coch, ac roedd ffotograffwyr a chriwiau fflimio fel gwybed o gylch rhyw seléb.

'Who is it?' gofynnodd Lauren.

'Don't know,' atebodd Catrin. 'VIPs, or someone famous?'

'Some sort of procession,' galwodd Biggsy. 'Loads of 'em coming.'

'Oh my God, there's hundreds of them!' ebychodd Catrin.

'What are they doing?' holodd Lauren, wedi drysu'n llwyr.

'Ah, I know, the procession of the Gorsedd. All the important Eisteddfod people.'

'Ha! Look at that guy's necklace. Oh my God, mun!' Cododd Biggsy ei ffôn a dechrau tynnu lluniau ynghŷd â channoedd eraill o'u cwmpas. Teipiodd e'n gyflym ar ei sgrin, wrth ei fodd gyda rhywbeth mor *priceless* i'w rannu ar-lein. Roedd Liam, ar y llaw arall, wedi danto'n llwyr. Safodd yno â'i freichiau yn eu plyg, fel pe bai'n pwdu ac am fynd. Ysgydwodd ei ben mewn anghrediniaeth ac edrych i'r entrychion, gan fwmian rhyw reg dan ei anadl.

'What's all the different colour costumes for?' holodd Lauren.

'Different teams, innit,' atebodd Biggsy, a oedd erbyn hyn yn tynnu hunluniau bodiau-i-lan gyda'r orymdaith yn y cefndir.

'I don't know,' atebodd Catrin. 'Ask Elin. Where is she anyway?' Edrychodd Catrin o gwmpas amdani, ond doedd dim siw na miw ohoni. 'I think she might have got separated from us. She might be over the other side of the crowd. I think it's one colour for poets, one colour for musicians and one for...'

'Rugby players!' Neidiodd Biggsy yn yr awyr ac yntau newydd weld rhywun enwog. Am y tro cyntaf, dangosodd Liam ddiddordeb hefyd, gan ddechrau tynnu lluniau. Dechreuodd y ddau ohonyn nhw siantio rhywbeth ar eu harwr wrth iddo fynd heibio. Ni allai Catrin ddeall eu geiriau, ond rhyw gân rygbi, tybiodd. Roedd Liam yn gwenu erbyn hyn, ond roedd Biggsy fel plentyn mewn siop losin.

'Oh God, did you see them? They looked like frigging Mary and Joseph!'

Edrychodd Lauren a Catrin yn fud ar ei gilydd, a chodi eu hysgwyddau.

Ar ôl i'r bobl olaf fynd heibio, ymddangosodd Elin eto.

'El, did you see that? They went right past us!' gwaeddodd Biggsy.

'I know!' llesmeiriodd Elin. 'Wasn't it wonderful! I saw Jim Parc Nest and Jamie Roberts. Duw, he's enormous! And they were so close!'

'I know, butt,' dywedodd Biggsy, gan sgrolio trwy'r lluniau ar ei ffôn a chwerthin o hyd. 'Absolute gold.'

Trodd Catrin at Lauren, a sibrwd, 'I don't know who either of those people are.'

Atebodd Lauren o gornel ei cheg, gan wenu ar Elin. 'Jamie Roberts is a rugby player. Massive. Really nice looking. Don't know about the bloke with the nest.'

'Oh, I'm so glad you saw it,' parhaodd Elin. 'You've had a real taste of the Eisteddfod now! Did you see the Prifeirdd?'

Edrychodd Liam, Lauren a Biggsy ar Elin fel petai'n siarad Japaneeg.

'Yes, we saw them!' galwodd Catrin.

Teimlai Catrin dros Elin y foment honno, gan ei bod mor hapus o fod yn dyst i'r orymdaith. Credai ei bod newydd rannu achlysur arbennig â'i ffrindiau, ac ni sylweddolai eu bod i gyd yn chwerthin am ben yr holl beth. Roedd Catrin eisiau teimlo fel ei bod yn perthyn cymaint, fel ei bod yn Gymraes go iawn, ond ar yr un pryd, roedd hi wedi bod yn chwerthin yr un mor frwd â'r lleill; roedd eu gwisgoedd a'u gemwaith yn dwp, ac roedden nhw yn edrych fel eu bod yn gwisgo llieiniau bwrdd ar eu pennau.

A dyna lle'r oedd hi unwaith eto, ymysg pawb yn cael hwyl, yng nghanol ei ffrindiau, ond yn teimlo fel ei bod ar y tu fas eto. Roedd hi eisiau ymuno â jôcs Biggsy a'r criw, ond doedd hi ddim wir ar yr un donfedd â nhw heddiw. Fedrai hi ddim dweud wrth Elin bod yr orymdaith yn *cringe* a bod y gwisgoedd yn hurt o ddoniol, felly byddai'n cydsynio â'i chanmoliaeth a'i hedmygedd, gan geisio peidio ag ymddangos fel philistiad llwyr.

Cyrhaeddon nhw babell fawr gyda seddi meddal, esmwyth a chlustogau enfawr ar y llawr. Roedd yno lanternau gwydr â chanhwyllau ynddynt, ac roedd yr awyrgylch yn llonydd a braf. Roedd bachgen yn chwarae gitâr ar lwyfan isel, ac roedd merch drawiadol mewn ffrog hir yn bwrw tambwrîn a chanu. A dweud y gwir, roedd y sŵn yn gyfareddol, a meddyliodd Catrin fod hyn, o'r diwedd, yn teimlo fel gŵyl go iawn. Heb syrcas yr ymgyrchwyr a'r derwyddon, dyma fel y dylai'r ŵyl fod. Prynodd Catrin gwpanaid o de lemon a sinsir ac eistedd ar bwffê mawr yn ymyl Liam. Tynnodd hi ei sbectol haul ac edrych arno fe'n hapus.

'Da, on'd yw hi?' gofynnodd.

'Aye, really good,' atebodd yntau.

Edrychodd hi ar bawb arall wedyn, ac roedd hi'n amlwg bod y lle hwn at eu dant, y lle a'r perfformwyr. Daeth chwa o awel fwyn drwy hollt yn ochr y babell, a gorweddodd Catrin 'nôl gan fwynhau teimlo'r awel dros ei gruddiau. Roedd hi wedi treulio'r bore yn rhy boeth, ac yn crynu'r un pryd, ond nawr, â'r awel yn chwarae â'i hwyneb, teimlai'n well o lawer, a dechreuodd ymlacio. Caeodd ei llygaid wrth wrando ar y ferch yn eu swyno â'i llais. Roedd rhai yn y babell yn sgwrsio'n dawel, ond ar y cyfan, roedd sylw pawb wedi'i hoelio ar y band. Edrychodd ar ei ffrindiau. Roedd Elin yn hapus, wrth gwrs. Teimlai'n gyfforddus yn yr Eisteddfod pa bynnag babell, neuadd neu stondin yr oedd ynddi. Roedd Liam yn gorwedd yn ôl wrth ei hymyl, â'i ddwy fraich yn obennydd i'w ben. Ac yntau yn ei sbectol haul, doedd Catrin ddim yn siŵr a oedd e'n cysgu neu beidio, ond sylwodd wedyn fod ei draed yn cadw curiad y gân. Roedd Biggsy hefyd yn gorweddian, ac roedd Lauren yn siglo ei chorff o ochr i ochr gan gadw rhythm y gerddoriaeth. Sylwodd Catrin fod Lauren wedi tynnu ei hesgidiau twp ac yn eistedd â'i choesau wedi'u croesi ar y llawr. Roedd pawb mewn hwyliau da. Dyw Lauren a Biggsy ddim hyd yn oed yn deall geiriau'r caneuon, meddyliodd Catrin, ond roedden nhw'n mwynhau eu hunain cymaint â phawb arall. Go brin fod Liam yn deall y geiriau chwaith, pendronodd, ond roedden nhw i gyd wedi eu hudo a'u huno gan y gerddoriaeth. Nid yr iaith Gymraeg oedd yn eu huno bellach, ond iaith cerddoriaeth, ac yn y foment hon roedd Catrin yn falch o gael rhannu rhywbeth mor arbennig gyda'i ffrindiau.

Yn fuan, roedd hi'n amser i bawb fynd i'r seremoni fawr yn y pafiliwn.

'Where do we have to go?' gofynnodd Lauren.

'In the Pavilion,' meddai Elin.

Craffodd Lauren ar yr arwyddbost. 'Which way?'

'It's in the Millennium Centre,' galwodd Elin gan chwifio ei braich, 'Come on, this way!'

Pennod 11

Erbyn iddyn nhw gyrraedd, roedd neuadd Donald Gordon yn llawn dop, a phobl yn llifo trwy bob drws. Roedd plant wedi eu gorchuddio â sticeri, dynion yn eu cotiau Corau Meibion a llawer iawn, iawn o hen bobl yn hamddena wrth eisteddfota. Cododd yr olygfa fraw ar Catrin. A oedd yr holl henoed hyn yn golygu bod y seremoni'n mynd i fod yn brofiad eithriadol o ddiflas iddi hi a'i ffrindiau? Gobeithio nad felly y byddai hi. Edrychodd hi ar Biggsy, Lauren a Liam yn nerfus. Doedd hi ddim eisiau iddyn nhw gwyno wrthi ar y diwedd, a dechreuodd hi deimlo ychydig yn euog am eu gwahodd. Eto i gyd, roedden nhw'n sgwrsio'n hapus, yn rhy hapus efallai. Beth o'n nhw'n ei ddisgwyl? Rhyw fath o gìg, neu rywbeth tebyg i Faes B? Daeth ias dros Catrin. O feddwl am y peth, doedd hi ei hun ddim yn siŵr beth i'w ddisgwyl chwaith. A fyddai'r seremoni'n un anffurfiol gyda llawer o glapio a gweiddi hwrê, neu a fyddai'n ffurfiol fel gwasanaeth eglwys? Trodd ei phen i edrych ar Elin – wrth ei bodd, fel arfer. A oedd Elin erioed wedi cael amser diflas yn unrhyw le? Roedd Catrin wedi sylweddoli erbyn hyn fod Elin yn mwynhau unrhyw ddigwyddiad, cyn belled â'i fod drwy gyfrwng y Gymraeg. Beth yw'r rhaglenni gorau ar y teledu? Y rhai ar S4C. Pwy yw'r bandiau gorau? Y bandiau Cymraeg, wrth gwrs. Ond nid yw hoff bethau Elin yn gyfyngedig i'r cyfryngau a'r celfyddydau'n unig. Bydden nhw hefyd yn cynnwys ei hoff gaws, jin a jam. Ffeindiai Catrin hyn bach yn od, ond yn eithaf ciwt hefyd. 'Gwnewch bopeth yn Gymraeg', fel yr heriai'r poster a osododd Elin ar y wal yn y gegin – gwyliau, llyfrau, cerddoriaeth, gwersi gyrru, Instagram, radio, ffrindiau – ond hefyd arferion bwyta; prynu llaeth a dewis halen (Halen Môn, gyda llaw).

'Salt?' roedd Biggsy wedi ebychu. 'Salt is salt mun, it's neither here nor there, is it? It doesn't taste any different!' Ac roedd yn rhaid i Elin esbonio wrtho am gefnogi busnesau Cymreig yn hytrach na busnesau Prydeinig, hynny yw, Saesnig.

'If it's got a Jack, put it back!' dywedai'n aml. Yn rhy aml, a dweud y gwir.

Gwnaethon nhw eu ffordd i'w seddi gan godi eu clustffonau cyfieithu ar y pryd. Roedd Catrin yn meddwl efallai bod angen clustffonau arni hi hefyd, ond o flaen Elin, ac o flaen ei ffrindiau, teimlai ormod o gywilydd i'w gwisgo. Roedd hi'n gwybod y byddai rhyw *smart arse* yn dweud 'I thought you could speak Welsh!' Roedd hi'n gobeithio y bydden nhw'n siarad yn araf ac yn glir o'r llwyfan. Efallai bydden nhw o'r de. Cofiodd fynychu darlith gan ryw fardd Cymraeg yn y brifysgol. Un o'r gorllewin oedd e, felly roedd hi'n meddwl y byddai'n deall ei acen yn iawn, ond roedd ei dafodiaith mor ddieithr iddi â Rwsieg. Roedd gan y bardd lafariaid nad oedd Catrin erioed wedi'u clywed o'r blaen!

Dechreuodd y seremoni, gyda mwy na thipyn bach o rodres a defod. Dechreuodd y bobl bwysig orymdeithio ar y llwyfan yn eu gwisgoedd gwyn, glas a gwyrdd. Crafodd Catrin o gwmpas yn ei meddwl gan geisio cofio p'un oedd p'un. Gwyn am y beirdd, glas am gerddoriaeth, a gwyrdd am wasanaeth cyhoeddus ife? Ond onid oedd gwisg am wyddoniaeth hefyd? Efallai bod y 'beirdd a chantorion' yn mynd gyda'i gilydd, fel yn yr anthem. Doedd hi ddim yn siŵr.

Darllenodd y beirniad rai sylwadau am y cerddi; y rhai yn y trydydd dosbarth, yr ail ddosbarth a'r goreuon. Doedd Catrin ddim yn disgwyl dod yn gyntaf, wrth gwrs, nac oedd, ond roedd hi'n gobeithio y byddai'i cherdd yn cael rhyw fath o sylw neu ganmoliaeth, a'i ffugenw 'Merch y Mynydd' yn cael ei grybwyll o'r llwyfan. Ond chlywodd hi ddim ei ffugenw o gwbl, dim ond sylw cyffredinol am feirdd y trydydd dosbarth a chyngor gan y beirniad y dylai'r beirdd hyn, 'beirdd gwanaf y gystadleuaeth, heb os', weithio ar 'hogi eu harfau barddol a'u hiaith mewn nifer o achosion cyn mentro i gystadleuaeth genedlaethol o bwys.' Gwridodd Catrin gan edrych o gwmpas y neuadd fawr, a theimlo mor dwp am fentro cystadlu. Teimlodd yn fach ac yn ddinod a theimlodd awydd cryf i redeg allan o'r seremoni. Ond edrychodd ar ei ffrindiau, yno gyda hi – Biggsy, Liam, Lauren ac Elin. Roedd Elin yn edrych draw arni gan roi gwên gynnes yn llawn tosturi iddi cyn codi bawd fel marc cwestiwn mud i ofyn a oedd hi'n iawn. Nodiodd Catrin. Sylweddolodd yn yr eiliad honno mai rhan fach o'i bywyd hi oedd y Gymraeg. Rhan bwysig, heb os, ond rhan fach. Rhywbeth a oedd yn perthyn iddi hi a phobl y brifysgol, ac Elin; iaith y dosbarth, y radio ac ambell gìg. Ond yn y neuadd enfawr hon, roedd cannoedd ar gannoedd o Gymry, rhai a oedd yn barddoni, a llond dwrn, fel hi, a oedd wedi cystadlu. Taflodd gipolwg ar hyd y rhes o wynebau wrth ei hymyl; roedd Biggsy yn edrych i lawr ar ei ffôn, gan geisio'n hynod aflwyddiannus i guddio golau glas y sgrin; roedd Lauren yn llygadu rhyw fachan yn y rhes o'u blaen, a doedd hi ddim hyd yn oed yn gwisgo ei chlustffonau, gan ei bod yn rhy brysur yn fflyrtio, gan ddefnyddio i'r eithaf holl botensial ei hamrannau £50 newydd; roedd Liam yn eistedd gyda'i freichiau wedi'u plygu dros ei frest, a'i lygaid ar gau. I'w chwith, fodd bynnag, roedd Elin yn gwrando'n astud, felly roedd o leiaf un o'i ffrindiau'n mwynhau ei hunan. Plygodd Lauren drosodd tuag at Catrin.

'How long does this go on for?' sibrydodd.

Cododd Catrin ei hysgwyddau. 'Not sure, not much longer probably.'

Cododd Lauren ei bys bawd. 'There's some guys in the row in front who are actually under 80. I thought I'd ask them if they're going to this gig tonight.'

Gyda hynny, dechreuodd ryw drwmpedi hir atseinio trwy'r neuadd, wedyn, distawrwydd. Roedd pob un o aelodau amryliw yr Orsedd fel pe baent ar bigau'r drain. Dyma'r Archdderwydd yn cyhoeddi rhywbeth arall, na ddeallodd Catrin yr un gair ohono, ac yna, gofynnodd i'r ffanfferwyr ddod i flaen y llwyfan, ac i neb ond yr enillydd i sefyll ar ei draed neu ar ei thraed ar ganiad yr utgyrn. Er nad oedd neb ond Catrin ac Elin yn dilyn yr hyn oedd yn digwydd ar y llwyfan, ar sŵn yr utgyrn yn atseinio trwy'r neuadd, cododd pawb eu pennau. Roedd rhywbeth mawr ar fin digwydd. Doedden nhw ddim yn siŵr beth, ond roedd bendant yn rhywbeth pwysig ar droed. Rhwbiodd Liam ei lygaid, â golwg o ddryswch ar ei wyneb, fel pe bai'n ceisio penderfynu a ddylai fe glapio neu rywbeth.

'This is it!' sibrydodd Catrin i lawr y rhes o wynebau gwag. 'This is where they say who the winner is!'

Rhochiodd Biggsy, ac edrych yn ôl i lawr ar ei ffôn, roedd hanner awgrym o ddiddordeb ar wyneb Lauren, a Liam, wel roedd golwg ar Liam fel pe na fyddai'n siŵr a oedd hi'n ddydd neu nos, pe bai rhywun yn gofyn. Trodd Catrin rownd i edrych ar Elin. O, roedd Elin ar flaen ei sedd, ei bysedd yn wyn o afael yng nghefn y sedd o'i blaen. Wrth. Ei. Bodd.

'Bethel', daeth y cyhoeddiad o'r llwyfan.

Dechreuodd y goleuadau ar eu taith ar draws y gynulleidfa, gan chwifio o'r chwith i'r dde, ac o'r cefn i'r blaen.

Safodd dyn oedd yn eistedd yn agos at y llwyfan, a dyma'r golau'n stopio'n stond arno fe. A dyma'r gynulleidfa'n cymeradwyo'n wyllt, gyda phawb o'i gwmpas yn ei longyfarch yn frwd. Daeth dau berson o'r llwyfan i'w longyfarch, rhoi gŵn o'i gwmpas, a mynd â fe lan i'r llwyfan i gael ei Goroni. A dyma'r Archdderwydd a'r pwysigion euraidd eraill ar y llwyfan yn ysgwyd ei law yn wresog a'i longyfarch. Tawelodd y gynulleidfa, ac yn sydyn, ochneidiodd Catrin, a chlapio'i llaw dros ei cheg.

'Oh my God, it's Dr Iestyn!'

'Wel, myn diawl!' ebychodd Elin.

'Serious?' atebodd Biggsy.

'Who?' holodd Lauren.

Roedd Liam wedi cwympo yn ôl i gysgu. Ar glywed lleisiau ei ffrindiau, deffrodd a dechrau clapio, gyda golwg fel anifail wedi dychryn arno.

'Dr Iestyn, from my uni. He's gone and won the Crown!' Trodd at Elin. 'Dwedais i fod e'n dda, El!'

'Do, wir, a dyn mor neis hefyd!'

Cyhoeddodd yr Archdderwydd enw'r enillydd, ac am ryw reswm, gyda'i gleddyf yn yr awyr fel marchog oedrannus, cyfeiliornus, gofynnodd wedyn i bawb 'A oes heddwch?' Trodd Catrin at Elin i ofyn beth oedden nhw i fod i'w ddweud, ond yn syth, atebodd pawb yn un, 'Heddwch!'

'Ble?' gofynnodd Catrin i Elin. 'Ydyn ni'n sôn am yn neuadd hon, neu Gymru gyfan neu'n fyd-eang? Gyda phopeth sy'n mynd ymlaen, 'swn i ddim yn dweud bod heddwch…' Rhoddodd Elin law dros law Catrin a'i gwasgu. 'Traddodiad yw e, cariad, nid *discussion point*.'

Eisteddodd Catrin yn ôl yn ei sedd, wedi drysu. Ymhelaethwyd wedyn ar gynnwys y gerdd, ac ar gefndir Dr Iestyn.

Gwenodd Catrin a nodio'i phen, gan ryw hanner efelychu'r modd roedd Elin a phawb o'i chwmpas yn chwerthin ac yn cymeradwyo i'r hyn a ddywedwyd o'r llwyfan. Eisteddodd Dr Iestyn yn y gadair. Y gadair, hynny yw, gyda'i goron ar ei ben a'i ŵn amdano, yn edrych fel brenin lletchwith. Roedd yr holl berfformiad yn hollol bisâr ym marn Catrin, fel rhywbeth o un o ffilmiau Stanley Kubrick.

'Is she going to give that horn to him?' Roedd Biggsy yn pwyso tuag at Catrin ac Elin, ei lygaid yn llydan. 'To keep, like?' Ac wrth iddi gyflwyno'r corn i Dr Iestyn, roedd Biggsy wrth ei fodd. 'Oh my God, she is! Syllodd yn gegrwth ar Catrin ac Elin. 'She is literally giving him the horn! This is brilliant!' Tro Liam i blygu drosodd tuag at y merched. 'Does he get to keep it though, really?'

Ysgydwodd Elin ei phen, a sibrwd, 'No, it's part of the ceremony, that's all. She offers it to him so he can drink from it. "Mam y Fro" she's called.' Nodiodd y bechgyn eu pennau fel pe bai hynny'n hollol normal.

'What about her? Does he get to keep her?' gofynnodd Liam yn eiddgar. 'I would! Would you, Biggs?'

'Too right I would, brother!' cytunodd Biggsy, wrth i'r ddau ohonyn nhw gwneud *fist-bump* dathliadol.

'No!' hisiodd Elin. 'It's all part of the ceremony – the dancing, the horn, the mam, the cloak – he doesn't get to keep any of them. Only the crown. Now ssh!'

Roedd yn rhaid i Catrin gyfaddef, yn fud, nad oedd hi'n gallu deall hanner yr hyn a oedd o'u blaenau, ond o leia doedd hi ddim wedi gwneud sioe o'r peth. Roedd rhywbeth eithaf crand am y seremoni. Mewn ffordd, dechreuodd hi fel priodas, ond gyda phrifardd, yn hytrach na phriodferch, yn cael ei arwain i lawr i'r blaen, yn ei ŵn. Roedd Catrin yn llai cyfforddus gyda'r holl *sbectacle* o'r merched yn dawnsio o flaen yr enillydd, a'r fam yn ei wasanaethu, fel morwyn yn ceisio plesio ei meistr. Roedd rhywbeth di-chwaeth ac ych-a-fi am hynny i Catrin.

Ar ddiwedd y seremoni, dechreuodd pobl giwio i adael. Wrth iddyn nhw ymlwybro at y grisiau, roedd awyrgylch o gyffro yn y pafiliwn, gyda phobl yn cyfnewid sylwadau a nodio'u pennau'n eiddgar mewn cytundeb. Dywedodd Elin, 'O, dwi'n gobeithio wela i Dr Iestyn ar y maes i'w longyfarch e! Chwarae teg, mae e'n llygad ei le. Am ffordd gynnil i grynhoi cyflwr y byd heddiw hefyd. Da iawn!'

Teimlodd Catrin yn hapus dros Dr Iestyn ac yn falch ei bod yn ei adnabod, ond ar yr un pryd, teimlodd yn ffôl am gredu y byddai ei cherdd hi ei hun wedi dod yn agos i'r brig, mewn cystadleuaeth lle mai Dr Iestyn, ei darlithydd, ei mentor, y cawr newydd hwn ym myd barddoniaeth Cymru oedd yr enillydd. Daeth pwl o gywilydd drosti am gredu yn ei thwpdra y gallai hi efallai fod cystal â nhw, y môr amryddawn o lenorion yn eu gwisgoedd lliwgar ar y llwyfan.

Llenwyd gweddill y prynhawn â bwyta ac yfed a sgwrsio. Teimlai Catrin nad oedd ei ffrindiau wir wedi mwynhau'r seremoni, heblaw am Elin, wrth gwrs, ond o leiaf doedd neb wedi dweud dim byd cas wrthi, na dim byd dychanol. 'It wasn't too long,' oedd unig sylw Liam, ond roedd yn rhaid i Catrin egluro iddo gysgu trwy'r rhan fwyaf ohoni. Ar ôl cerdded o gwmpas y bae am ychydig, daethon nhw ar draws stondin yn gwerthu *cookies* a *brownies*. Roedd y merched wrth eu boddau, a lledaenodd llygaid Biggsy wrth weld y wledd o ddanteithion o'i flaen.

'Oh my God, they look lush!'

Roedd y ddynes yn aros am eu harcheb, gyda golwg o ddiflastod amlwg ar ei hwyneb. Ar ôl oes o synfyfyrio a cheisio penderfynu, a gyda chiw o bobl yn ymestyn y tu ôl iddo fe, daeth i benderfyniad.

'Can I have a peanut butter brownie and a chocolate orange cookie please, bute?'

Rhoddodd y ddynes ei *brownie* a'r *cookie* i mewn i fag papur, a gofyn yn ddihiwmor, 'Anything else?'

'Umm, go on then, if they're three brownies for eight quid, I'll have a Malteasers brownie and a salted caramel one too.' A thrwy lond ceg o *brownie*, 'Here you are, you can stick 'em in the same bag.'

Syllodd y merched arno fe'n gegrwth.

'You're never going to eat all of them?' ebychodd Lauren, â'i choctêl lliwgar hanner ffordd at ei gwefusau.

Anwybyddodd Biggsy hi a thalu'r ddynes, gan roi winc iddi, patio ei fol a dweud, 'Fuel for a love machine, see bute!'

Edrychodd y greadures ffroenuchel arno fe fel un sydd wedi gweld cath yn chwydu ar y pafin, cyn i Biggsy symud ymlaen, gan siarad pwll y môr a lledaenu briwsion ym mhob man.

Tro Catrin oedd hi. Roedd hi wedi gweld y bathodyn oren 'Cymraeg' ar y bwrdd, ond teimlai'n sicr nad siaradwraig Gymraeg mo'r fenyw hon. Roedd hi mor posh, a theimlodd Catrin gywilydd oherwydd ymddygiad Biggsy. Oes rhaid iddo fe fod mor... Valleys... trwy'r amser. Ddylai hi geisio siarad Cymraeg â'r fenyw hon? Na, efallai bod rhywun arall sy'n gweithio ar y stondin yn siarad Cymraeg. Gofynnodd am ei *brownie* yn Saesneg, ac wrth glywed acen y fenyw, teimlodd yn falch nad oedd hi wedi gwneud ffŵl ohoni'i hun gan geisio siarad Cymraeg â hi.

Roedd Biggsy yn gywir, meddyliodd Catrin. Roedd y *brownie* yn lysh. Cymerodd hi gnoad mawr, tra bod hi'n aros am Elin.

'O haia,' meddai Elin wrth Mrs Cacennau-Ffroen-Uchel. 'Ga i *frownie* gyda *chocolate chips*, os gwelwch yn dda?'

'Cei, siŵr,' atebodd y ddynes.

'Ai siocled tywyll ydyn nhw?'

'Na, bach, *milk chocolate*. Ti moyn trial tamed?'

'Ww, ga i?' Cymerodd Elin y sgwâr bach blasus a'i lowcio'n ddiseremoni.

'O, gorjys, diolch. Gymra i un, os gwelwch yn dda.'

A dyma Catrin yn sefyll yn stond, gan syllu arni mewn anghrediniaeth.

'Sut o't ti'n gwybod bod hi'n siarad Cymraeg?' sibrydodd wrth Elin.

'Mae'n dweud ar y cownter, twpsen!' chwarddodd Elin, cyn dechrau cerdded i ffwrdd.

Roedd Catrin wir yn teimlo'n dwp. Yn y gorffennol roedd hi wedi ffeindio'r dewrder i siarad Cymraeg mewn siop neu dafarn yn Aberystwyth neu rywle, a chael yr ymateb llym: 'Sorry, don't speak Welsh', a wnaeth iddi deimlo cywilydd enfawr. Ac eto heddiw, roedd hi'n teimlo'n dwp. Pa bynnag ddewis y gwnaeth hi, byddai hi bob tro'n ffeindio ei hun yn teimlo'n lletchwith, wedi cywilyddio, ac ar ochr arall i ryw ffin anweledig.

Yn gwbl anymwybodol o aflonyddwch Catrin, clebrodd pawb yn hapus, wrth gerdded tuag at lwyfan Maes B.

'It's a bit young in here, isn't it?' meddai Lauren yn siomedig, gan edrych o gwmpas a sylweddoli bod bron dim siawns o dynnu yn y lle 'na. Roedd ei llais wedi codi'n uwch ac yn uwch, trwy gydol y prynhawn, wrth iddi yfed mwy a mwy. Tynnodd ei sodlau oddi ar ei thraed, a'u rhoi o dan un fraich; chwifiodd y llall trwy'r awyr, gan ollwng ychydig o'i choctêl dros y lle i gyd. 'I mean look at those boys there, they haven't all had a shave before coming out have they? They don't look like they've ever even seen a razor.'

'They don't look like they've ever seen a pair of tits either, but it's not stopping them from looking at yours!' rhuodd Biggsy. Rhoddodd Liam *high five* iddo gan chwerthin.

Roedd yn rhaid i Catrin chwerthin. Roedd Lauren yn ferch siapus, ei bronnau'n fawr a'i thop yn denau.

Roedd y dorf yn ifanc, ond roedd yr awyrgylch yn wefreiddiol, a'r bandiau'n wych. A dyma pawb yn y blaen yn canu gyda'r caneuon, ac roedd hi'n amlwg eu bod yn gwybod pob gair – 'Dwi'n mynd a dod, i fyny ac yn ô-ô-ô-l!' Gafaelodd Catrin ym mraich Elin.

'Maen nhw'n anhygoel!' gan bwyntio at y llwyfan. 'Dim ond bois ifanc ydyn nhw 'fyd! Pwy ydyn nhw?'

'Sai'n gwybod, ond maen nhw mor dda!'

'Ie, ond awn ni i rywle arall nawr, rhywle gydag oedolion?' meddai Catrin.

Gafaelodd y ddwy ym mreichiau'r gweddill, a gwaeddodd Elin, 'Come on, we're going to find somewhere else, somewhere where there's grown up men for Lauren!'

Cododd Lauren ei breichiau yn yr awyr, un esgid ym mhob llaw, 'A-men to that!'

Aethon nhw 'nôl bron i'r union leoliad lle ddechreuon nhw'r bore hwnnw – wrth lwyfan mawr awyr agored, a channoedd o bobl o bob oedran. Brwydron nhw eu ffordd i'r bar, ac wedyn gwneud eu ffordd yn nes at y llwyfan. Gyda'r golau ar y llwyfan, a'r machlud y tu ôl iddo, roedd yr olygfa'n anhygoel a dechreuodd y criw ddawnsio gyda'i gilydd.

Diflannodd Elin o'r golwg gyda 'chriw Dyffryn Teifi', pwy

bynnag oedden nhw. Ffermwyr? Eisteddfotwyr? Pwy a ŵyr?

Roedd Biggsy wedi bod yn siarad a dawnsio gyda grŵp o ferched o Ddolgellau, ac wedi dysgu ambell frawddeg Gymraeg ganddyn nhw. Roedd e bellach yn dweud wrth bob merch pa mor brydferth oedden nhw, wrth chwifio'i botel blastig o Budweiser o flaen eu hwynebau.

'Ti'n Bud-ferth! BUD-ferth, get it? Rwy'n dy garu di!'

Roedd Liam hefyd wedi bod yn dawnsio gyda'r un merched ac wedi bod yn cymryd sawl joch o'r *hip flasks* chwyslyd ro'n nhw wedi'u smyglo i'r maes yn eu bras. Roedd e bellach yn snogio un ohonyn nhw, gydag un llaw i lawr cefn ei throwsus. Chwarddodd Catrin a Lauren am ei ben. Efallai nad oedd ots 'da fe am y Gymraeg fel arfer, ond roedd e'n bendant yn mwynhau'r Eisteddfod nawr. Ymunodd Catrin ac Elin â nhw a dechrau dawnsio.

'Maen nhw'n dod ymlaen yn wych!' gwaeddodd un o'r merched ifanc dros sŵn y band, gan edrych ar Liam a'i 'ffrind' newydd.

'Ydyn!' gwaeddodd Catrin 'nôl.

'Mae'n dawel, ond yw e?'

'Tawel?' Roedd golwg o ddryswch ar wyneb Catrin. 'Ti'n meddwl?' Wedyn, daeth rhywbeth i feddwl Catrin. 'Dych chi wedi bod yn siarad â fe yn Gymraeg?'

'Cymraeg, wrth gwrs! Pam?' Chwarddodd y ferch.

'Aa!' chwarddodd Catrin, 'Oce!'

Gafaelodd ym mraich Liam. 'Wel wel, rwyt ti'n fachgen bach Cymraeg go iawn heno 'te, biwt!'

'What?' atebodd yn ddiniwed.

'Yn Gymro gant y cant, ond dwyt ti, Liam?' gwaeddodd Catrin, gan droi'n ôl at y ferch.

'Ydw!' gwaeddodd Liam, gan godi'i lawes i ddatgelu tatŵ tair pluen ar ei beisep. 'Drycha!' cyhoeddodd yn falch, a phwyntio at y geiriau gyda'i fys. 'Cymru am Byth!'

Yn sydyn, daeth sŵn anferth o'r dorf, wrth i'r band ddechrau chwarae'r gân nesa. Roedd hi'n amlwg ei bod hi'n un o'u caneuon mwyaf poblogaidd. Er syndod mawr i Catrin a Lauren, neidiodd Liam a Biggsy lan a lawr a dechrau dawnsio'n afreolus. Fflachiodd y golau a neidiodd cannoedd o bobl fel un.

'Bloody hell,' ebychodd Lauren. 'How much have I had to drink? Is Biggsy singing along to a Welsh song?'

Craffodd Catrin arno. 'D'you know what? I think you're right! Bloody hell, how has he learnt to speak Welsh so quickly? He's only been talking to those girls for twenty minutes!'

Syllodd y ddwy ohonyn nhw ar y bechgyn, a hwythau fel pe baen nhw'n bloeddio'n canu gystal â'r ffans mwyaf. Gallai Catrin ddarllen geiriau'r gân ar wefusau Biggsy a Liam. 'Rhedeg i fyny ac i lawr, rhedeg i Paris.' Roedd Catrin wedi clywed y gân ar y radio, ond doedd ganddi ddim clem sut roedd Biggsy yn gwybod y geiriau iddi. Na Liam chwaith.

'Who are they?' gwaeddodd Lauren, gan syllu ar y boi ar y llwyfan yn canu a neidio o gwmpas y lle, a'i fop o gyrls gyda'u bywyd eu hunain.

'They're called Candelas,' gwaeddodd Catrin yn ôl. 'I've heard of them, but I've got no idea how Biggsy and Liam know them.'

Yn sŵn y cord olaf, dyma Catrin yn gafael ym mraich Biggsy. 'Oi, were you just singing in Welsh? How the hell do you know that song?'

'Football innit!' atebodd yn orfoleddus. 'We learnt it in work when the football was on!'

Edrychodd yn gegrwth syn ar Liam.

'Euros mun!'

Plygodd tuag at Lauren a gweiddi. 'Something to do with Euros, apparently.'

Doedd gan Lauren fawr o ddiddordeb, a hithau bellach yn destun sylw i haid o fechgyn, ei ffrindiau newydd. Yn ei hymyl, wrth iddo yntau ddawnsio, collodd Liam ei gydbwysedd a chwympo, gan fwrw yn erbyn grŵp o fois ar ddamwain, a sarnu eu diodydd drostyn nhw i gyd. Wrth i'r bechgyn ddechrau cwyno a gweiddi, aeth Catrin a Biggsy i'w godi oddi ar y llawr, gyda Catrin yn ymddiheuro'n ddiffuant yn Gymraeg i'r bechgyn a cheisio osgoi codi twrw.

'C'mon, dere mas o'r dorf am chwa o awyr iach,' meddai Catrin, gan feddwl y byddai'n syniad da iddyn nhw fynd i ffwrdd o'r lle 'na am sbel. Roedd Lauren wedi dechrau siarad â rhyw foi golygus a oedd yn rhedeg ei law i lan ac i lawr ei chefn, ac yn chwarae gyda'i gwallt hir, golau, a gwyddai Catrin fyddai dim gobaith iddi ddod gyda nhw. Gan hongian breichiau llipa Liam dros eu hysgwyddau nhw, cerddodd Catrin a Biggsy i ffwrdd o'r gìg. Ymhen dim, ffeindion nhw fainc i eistedd arni, a chyda hynny, yn sydyn, a heb rybudd, chwydodd Liam yn ffyrnig. Sblashiodd y cyfog dros goesau Biggsy a'i jîns gorau, a chwistrellu dros esgidiau Catrin hefyd, a heb orfod edrych i lawr, gallai deimlo'r cyfog cynnes yn diferu trwy fysedd ei throed. Igiodd Liam, yn gwbl druenus, 'O, bois, dwi off fy tits.'

'Oh my God, Liam!' cwynodd Catrin, gan deimlo bellach yn sâl ei hun, yn ei sandalau drewllyd.

'Sori, sori,' dechreuodd Liam, yn euog, a Catrin yn meddwl ei fod yn ymddiheuro am boeri ei gyfog drosti hi a Biggsy; ond na, dyma fe'n ychwanegu, 'Off fy nhits, I meant to say,' cyn chwistrellu ton newydd o gyfog dros dreinyrs Biggsy.

Pennod 12

A hithau'n fore Sul, roedd Lauren a Liam yn gorwedd yn ddiog ar y soffas yn binj-wylio *Breaking Bad* pan ddaeth Catrin lawr llawr yn ei phyjamas. Gofynnodd a oedd unrhyw un eisiau paned. Gyda'u llygaid yn dal yn rhythu ar y teledu, cododd Liam a Lauren eu cwpanau o'r bwrdd a'u hestyn tuag at Catrin. Cododd Liam ei fys bawd, a nodiodd Lauren ei phen. Wrth i'r tegell ferwi, dylyfodd Catrin ei gên yn fawr a rhwbio'i llygaid, gan feddwl am y diwrnod o'i blaen. Oedd hi wir eisiau treulio'r dydd yn ei stafell yn ysgrifennu erthygl yn mynegi barn ar unrhyw bwnc llosg? Wrth gwrs nad oedd hi. Dylai hi fod wedi'i wneud yn ystod yr wythnos, ond rhwng un peth a'r llall, roedd y dyddiau rywsut wedi diflannu. Efallai y câi fore diog, a gwneud ei gwaith cartref ar ôl cinio. Cariodd y tri chwpan i mewn i'r stafell fyw yn ofalus, gan gario paced o gwcis rhwng ei dannedd. Gosododd y paneidiau ar y bwrdd a dechrau symud pentwr o gylchgronau o'r soffa yn ymyl Lauren.

'You can sit here if you want,' cynigiodd Liam.

'Nah, you're alright, ta,' a gwthiodd Catrin y llythyrau, bwydlenni pitsa a chylchgronau i gornel y soffa, ac eistedd yn ymyl Lauren. Agorodd y cwcis a'u cynnig i'w chyfeillion mud. Doedd dim golwg o Biggsy nac Elin, a holodd lle'r oedden nhw. Gan ddehongli'n greadigol cyfres o synau amwys a geiriau digyswllt, dysgodd fod y ddau wedi mynd i dai eu mamau. Syniad da ar ddydd Sul, meddyliodd Catrin yn genfigennus, ei bol yn corddi. Doedd dim byd yn ei hatal hi rhag mynd i weld ei rhieni, ond doedd pethau ddim yr un peth ers iddi ddechrau ei gradd yn y Gymraeg. Ac er mor flasus oedd *yorkshire puds* ei mam, doedd hi ddim werth dioddef eu sylwadau cyson am ddiffyg swyddi a'i diffyg cynlluniau i'r dyfodol er mwyn cael eu bwyta. Aeth rhyw wefr trwy'i chorff wrth iddi feddwl am y danteithion y byddai Elin yn dod gyda hi adref heno. Câi flas o gysur cartref a theulu trwy'r pice ar y maen, neu deisen y byddai mam Elin yn eu hanfon yn ôl mewn hen duniau bisgedi i bawb yn y tŷ. Y tro diwethaf, daeth Elin 'nôl gyda bocs o bastis caws a winwns, tuag ugain ohonyn nhw. Elin oedd ffrind gorau pawb yr wythnos honno. Corddodd stumog Catrin eto, a saethodd ei meddwl ymlaen at amser cinio. Gan godi ei ffôn, chwiliodd am rif Dano's Dinners.

'Anyone want a dinner delivered?' gofynnodd.

'Yes!' atebodd Lauren yn syth. 'Good thinking, Cat. Beef please.'

'Oh my God, yes!' meddai Liam. 'What's he got today?'

'It says,' sgroliodd ei bys i lawr y sgrin, 'oh yeah, here it is. Beef, chicken, sausage or steak pie.'

'Oh, yeah, I'll have beef too. Cheers.'

Archebodd Catrin dri chinio rhost i'w dosbarthu i'r tŷ. Edrychai ymlaen at y llond plât o ginio a fyddai'n cyrraedd y drws ffrynt tua un o'r gloch. Gan roi ei ffôn i lawr ar y bwrdd, gorweddodd Catrin 'nôl ar y soffa. Dywedodd Liam ei bod hi a Lauren yn ymddangos yn *squashed* ar y soffa, gyda'r tŵr o bapurau yn dechrau lledu ar draws côl Catrin, a chynnig hanner ei soffa iddi eto. Mynnodd Catrin fod popeth yn iawn, ac nad oedd angen i neb symud. Ffliciodd Lauren bentwr o *junk mail* ar y llawr gyda'i throed, er mwyn profi'r pwynt a chyda rhagor o le, tynnodd Catrin hanner blanced fawr Lauren dros ei chôl hi ei hun er mwyn mwynhau'r rhaglen yn gyfforddus.

Ar ôl tair pennod, dylyfodd Liam ei ên a gwneud y sŵn rhyfeddaf, sefyll ar ei draed ac estyn ei freichiau, cyn cyhoeddi ei fod yn mynd am 'dymp'. Casglodd Lauren y cwpanau a mynd i'r gegin i wneud coffi arall. Wrth iddi ddychwelyd, craffodd ar Catrin yn amheus.

'Have you two had words?'

'Huh?' Edrychodd Catrin lan o'i choffi.

'You're being weird with him. What's going on?'

Ar ôl gwneud yn siŵr fod drws y stafell fyw ar gau, neidiodd Catrin yn ôl o dan y flanced, a chan ei chodi dros ei hwyneb, cyfaddefodd ei bod wedi breuddwydio am Liam yn noson cynt.

'No way!' Syllodd Lauren 'nôl yn gegrwth. 'Details, please!'

Gadawodd Catrin y flanced i syrthio i lawr ychydig, dim ond digon i ddatguddio'i cheg, a dechrau adrodd manylion y freuddwyd. Mynnodd y byddai'n rhaid i Lauren gadw hyn oll yn gyfrinach, wrth gwrs, cyn dechrau. Yn y freuddwyd, roedd hi wedi mynd i'r gwely'n noeth, achos bod y gwres canolog wedi bod ymlaen, ac roedd hi'n boeth ym mhen ucha'r tŷ. Roedd hi'n eithaf hwyr yn y nos, ac roedd hi'n chwarae cerddoriaeth yn dawel; a chyda dim ond lamp lafa i oleuo'r stafell, teimlai hi'n gynnes a chlyd, hanner ffordd rhwng cwsg ac effro. Wrth gwrs, roedd hi wedi cwympo i gysgu, achos cafodd ei deffro gan gnoc dawel ar ei drws. 'Dere mewn,' atebodd heb feddwl. Agorodd y drws a dyna lle roedd Liam yn sefyll yn ei stafell wely.

'Hang on, he was in your room in real life, or in the dream?'

'In the dream mun! Listen!' A pharhaodd hi i ddisgrifio ei

breuddwyd wrth Lauren, a oedd erbyn hyn ar bigau'r drain ac am wybod pen draw'r stori. Er bod Liam yn ei stafell wely, esboniodd Catrin, ac er ei bod yn noeth yn y gwely, ni theimlai hi'n anghyfforddus o gwbl.

'So, what happenend then?'

Dechreuodd Catrin eto, gyda Lauren yn frwd i glywed pob manylyn am ei breuddwyd. Wrth siarad â Lauren, sylweddolodd Catrin ei bod hi wedi breuddwydio yn Gymraeg. Cyfieithodd grynodeb o'r freuddwyd i Lauren.

Felly roedd Liam yn sefyll yn ei stafell gyda'r drws ar agor.

'Cau'r drws myn, daw'r *draught* i mewn,' meddai hi.

Caeodd Liam y drws a gofynnodd Catrin beth oedd e eisiau.

'Dwi'n trwsio fy meic yn y gegin, ond dwi'm yn gallu ffeindio fy *bike spanner*. Ga i fenthyg dy un di?'

Rhuodd Lauren a chwerthin yn uchel.

'Ssh!' Edrychodd Catrin i gyfeiriad y drws yn nerfus, gan boeni am Liam yn dod yn ôl o'r stafell ymolchi.

'So he came into your bedroom late in the night to "borrow your bike spanner"?'

Nodiodd Catrin ei phen.

'But you haven't even got a bike!' A dyma hi'n morio chwerthin eto, a Catrin yn ei shwshio, gan edrych dros ei hysgwydd.

'So what happened then?' Roedd Lauren yn ysu i wybod beth ddigwyddodd nesaf. Ceisiodd Catrin gofio'n union.

Ar ôl i Liam ofyn am fenthyg sbaner i'r beic, dywedodd Catrin y byddai'n chwilio am ei un hi yn ei blwch pensiliau. Gwnaeth hi arwydd i Liam eistedd ar y gwely. Wedyn, eisteddodd hi i fyny yn y gwely, gan ddal y dŵfe gydag un llaw i guddio'i chorff. Taflodd y lamp lafa siapiau a lliwiau cyfareddol ar y waliau, a sylweddolodd fod rhyw awyrgylch digon nwydus yn y stafell. Gyda hynny, o sylweddoli ei bod hi'n noeth a Liam yno yn ei ddillad, dywedodd wrtho fe, 'Dyw hi ddim yn deg os dwi'n noeth fod 'na ddillad amdanat ti. Tynna nhw bant.'

Roedd llygaid Lauren yn fawr ac fel pe baent ar fin ffrwydro. Rhychodd Catrin ei hwyneb wrth iddi ddwyn y manylion i'r cof. Na – doedd hi ddim wedi anghofio! Heb feddwl ddwywaith, cododd Liam a diosg ei ddillad oddi amdano, cyn eistedd yn ôl ar wely Catrin yn noeth.

'Socks on or off?' mynnodd Lauren wybod.

'Off! Everything off!' gwingodd yn anghyfforddus. Symudodd Lauren yn agosach at Catrin. Parhaodd Catrin â'r stori. Cofiodd fod corff Liam yn eithaf da. Fel arfer byddai'n meddwl ei fod yn *skinny*, ond heb ei ddillad roedd yn drawiadol o athletaidd – ei freichiau'n gyhyrog, heb fod yn enfawr gyda'r tatŵ tair pluen o fewn cyrraedd. Syllodd arno am funud, gan adael iddo wybod ei bod yn edmygu ei gorff, cyn gollwng y dŵfe o dan ei gên, a dangos iddo yntau'r hyn a oedd ganddi hi.

'What happened next!' hisiodd Lauren.

'He got under the covers with me.' Clywson nhw sŵn traed ar y grisiau, yn eu rhybuddio fod Liam ar ei ffordd i lawr. Gafaelodd Lauren ym mraich Catrin, ei hewinedd ffiwsia'n gwasgu i mewn i'w chnawd.

Hisiodd Lauren yn dawel ond yn benderfynol, 'Did. You. Shag him?'

Agorodd y drws. Syllodd Lauren ar wyneb Catrin am ryw awgrym o ateb. Edrychodd Catrin ar Lauren a nodio ei phen. Roedd yr olwg ar wyneb Lauren yn union fel petai hi newydd ennill y loteri. Eisteddodd Liam yn ôl ar y soffa arall ac edrych ar y teledu.

'So what have I missed then?'

'Nothing!' atebodd y merched yn unfrydol-unsain, fel deuawd lefaru. Ar yr wyneb, roedd popeth yn normal, a doedd dim byd o'i le wrth i Lauren syllu ar ei hewinedd hir a Catrin ddarllen rhestr o'r cynhwysion ar gefn y paced cwcis, ond dan y flanced roedd bysedd traed Lauren yn procio coes Catrin yn ddidrugaredd, a hithau'n gwthio ei throed i ffwrdd. Cododd Liam y *remote* a gofyn, 'Have we got time for a quick one before dinner?'

Ar hynny, sgrechiodd Lauren fel gwrach wyllt, wallgof, tra bod Catrin yn syllu ar y teledu'n ddistaw, gyda'r flanced yn cuddio'i cheg, a chan geisio anwybyddu Lauren. Syllodd Liam ar y ddwy ohonyn nhw'n ddi-glem.

'What?'

* * *

Wedi cael cinio, roedd Catrin yn eistedd ar waelod ei gwely, yn falch o breifatrwydd ei stafell. Roedd hi'n difaru rhannu manylion ei breuddwyd â Lauren. Roedd hiwmor drygionus Lauren yn un o'r pethau roedd Catrin yn mwynhau am ei chwmni ond doedd yr hiwmor ddim cweit mor ddoniol nawr ers i'w chyfrinach droi'n destun gwawd. Trwy gydol eu cinio, wnaeth Lauren ddim byd ond taflu un cipolwg slei ar ôl y llall tuag at Catrin, a gwenu arni bob tro y byddai Liam yn dweud rhywbeth a allai gael ei gamddehongli fel rhywbeth rhywiol. Unrhyw sôn am 'hard' neu 'hot', a byddai Lauren yn piffian chwerthin. Wrth gwrs, doedd y ffaith i Catrin ddewis cael sosej yn lle cig eidion ddim yn help yn hynny o beth. Doedd Catrin ddim yn siŵr beth oedd arwyddocâd hyn oll. Doedd hi'n sicr ddim yn gweld dyfodol iddi hi a Liam ond efallai bod angen iddi fentro mwy a meddwl am fywyd y tu hwnt i'w hastudiaethau a'i ffrindiau.

Pennod 13

Dim ond ar ochr arall y dref oedd y llyfrgell, ond erbyn iddi gyrraedd adref roedd ei bysedd a bysedd traed Catrin wedi rhewi. Roedd y teledu ymlaen a chlywai arogl coginio o gyfeiriad y gegin. Roedd Lauren yn gorwedd ar y soffa, o flaen y teledu ac roedd Elin wrth y bwrdd yn marcio llyfrau ysgol. Aeth sbectol Catrin yn niwlog wrth iddi gamu i mewn i gynhesrwydd y tŷ.

'Ti'n iawn, El? Hai Lauren.'

Cododd Lauren ei phen a chwifio ei llaw ar Catrin.

'Gwaith cartref, ife?' gofynnodd hi, wrth gyfeirio at y llwyth o lyfrau ar y bwrdd o flaen Elin. 'Sut mae'n mynd?'

'Yn araf,' atebodd. 'Pymtheg i'w gwneud, fwy neu lai.' Roedd golwg ddigalon arni. 'Dyna pam dwi 'di dechrau'n syth. Beth amdanat ti? Ti 'di bod yn gweithio?'

Sychodd Catrin ei sbectol ar ei chrys T, a chraffu arnyn nhw i weld a oedden nhw'n ddigon glân. Dywedodd wrth Elin am ei bore yn y caffi yn gweithio ar ei ffolio creadigol, ac am yr hyn roedd hi wedi'i gyflawni yn ystod ei phrynhawn yn y llyfrgell.

'Dylwn i fod wedi gofyn i ti gyfieithu'r cerddi i fi, El. Byddet ti wedi bod yn lot cyflymach na fi!'

Edrychodd Elin dros ymyl ei sbectol. 'Am £20 yr awr, byddwn i'n fwy na bodlon cyfieithu unrhyw beth dan haul i ti.'

'O El, mates rates, myn!'

Anwybyddodd hi Catrin, a chario ymlaen gyda'i gwaith marcio, gan wenu a siglo'i phen.

'Hei, beth mae Biggsy yn ei goginio?' Cododd Catrin ei phen i gyfeiriad drws y gegin. 'Mae'n gwynto'n neis.'

'Na, Liam yw e. Mae'n gwneud stecen.'

'Beth? Dyw Liam ddim yn coginio! Beth sy'n mynd ymlaen 'ma?'

Agorodd hi'r drws i'r gegin, ac yn wir, dyna lle roedd Liam yn eistedd i lawr gyda phlataid o lysiau a stecen.

'Wel Liam, shwmae byt? Ti wedi newid gyrfa o ffitio carpedi i fod yn *chef*?' gofynnodd, gan orbwysleisio ei syndod. 'Ro'n i'n meddwl mai Jamie Oliver oedd yn y gegin cyn i fi agor y drws!'

'Ha ha, very funny.'

'Na, I thought it was Biggsy, actually. Where is he then?'

'Dunno,' atebodd Liam, gan barhau i ddweud bod ewythr Biggsy wedi bod i mewn i'r siop garpedi heddiw i ofyn iddo amdano. Roedd mam Biggsy wedi bod yn ceisio ei ffonio, ond roedd y ffôn yn mynd yn syth i *voicemail*.

'Aw, I hope she's alright, bless her.'

'Well, she's never quite right, is she?' cyfrannodd Liam, rhwng llond cegeidiau o'i stêc waedlyd.

'Is he home then?'

Siglodd Liam ei ben. 'Don't think he came home last night either.'

'No?' Estynnodd Catrin ei phen i mewn i'r stafell fyw a gofyn, 'Girls, did anyone see Biggsy this morning?'

Cytunodd pawb nad oedden nhw wedi'i weld neithiwr, nac yn y bore cyn gwaith.

'Oh, well his battery's probably dead if he's been out all night.

Where is he then?'

Dywedodd Liam ei fod e wedi galw i mewn i Rafferty's neithiwr i gael peint sydyn, a bod Biggsy yno bryd hynny. Dim ond un botel gafodd e cyn gadael, ond roedd hi'n ymddangos bod Biggsy wedi cael mwy. Roedd e'n eistedd gyda Helen, y ferch o'r gwaith, â'i freichiau amdani. Erbyn hyn, roedd Elin a Lauren wedi ymddangos wrth ddrws y gegin, eu hwynebau'n goleuo. Gofynnodd Lauren, 'Oh my God, has he copped off with Helen from work?'

'He really likes her!' ychwanegodd Elin.

Siglodd Liam ei ben, wrth wthio'i blât gwag i ffwrdd. Doedd e ddim yn chwerthin.

'No, because after that, Helen went.'

Edrychodd pawb ar ei gilydd.

'So, if he isn't with Helen, who's he with?' holodd Catrin.

Gafaelodd Lauren ym mraich Elin. 'We'll have to get all the dirt when he's back!'

'Leave him alone, mun,' galwodd Liam. 'He'll probably be feeling like shit anyway, won't he?'

'Mae 'na rywun wrth y drws,' meddai Elin gan droi i'w ateb.

Daeth sŵn siarad o'r cyntedd. Llais dyn oedd e, dyn anghyfarwydd.

'... Thought it best to come up... see you in person,' meddai'r llais dieithr trwy'r wal.

'Probably the Jehovah's Witnesses, and Elin's inviting them in for a chat!' meddai Catrin.

Gwenodd Lauren, ond gan edrych yn ansicr ar yr un pryd. 'Who is it?' sibrydodd, wrth nodio ei phen tuag at y cyntedd.

Cododd Catrin ei hysgwyddau.

Agorwyd y drws a chlywyd llais y dyn. '... to tell you all together.' A dyma Elin yn dod i mewn i'r stafell fyw gyda dyn anghyfarwydd. Daeth Lauren, Catrin a Liam i'r stafell fyw.

'It's Biggsy's uncle,' dywedodd yn dawel, ei wyneb yn wyn.

Difrifolodd y merched yn syth, a diffoddodd Liam y teledu. Tynnodd y dyn ei gap o'i ben a'i wasgu'n dynn yn ei ddwy llaw. Roedd ei ddwylo'n enfawr, â golwg arnynt fel petaent wedi arfer dal rhaw neu forthwyl. Gyda'i fŵts trwm a'i got enfawr edrychai fel pe na bai'n barod i dorchi llewys ond roedd ei wyneb yn adrodd stori arall. Roedd glaw'n diferu oddi ar ei got i lawr ar y carped a gallai Catrin glywed arogl ei got wlyb. O edrych ar ei wyneb, gwyddai fod rhywbeth yn bod. Roedd e mas o wynt, ac roedd ei wyneb crychlyd dan straen. Cliriodd ei wddf.

'I'm afraid it's bad news.' Cymerodd anadl ddofn. 'They found Andrew's body up the mountain this morning. He's dead.'

Am eiliad, roedd yn rhaid i Catrin feddwl am ba Andrew roedd e'n siarad amdano, ond ar yr un pryd, gwyddai wrth gwrs ei fod yn siarad am Biggsy. Roedd hi bron eisiau chwerthin wrth glywed 'Andrew'. Does neb yn ei alw'n Andrew! Ond eto i gyd, 'wedi marw' ddywedodd ef.

'What?' ebychodd Catrin, ei phen yn troi.

'Biggsy?' Roedd yn rhaid i Liam fod yn sicr ei fod wedi clywed yn iawn.

Roedd distawrwydd anghyfforddus yn y stafell, a ymddangosai fel pe bai'n para oes. Yn y diwedd torrodd Elin ar ei draws.

'But, how?'

Collodd wyneb Catrin ei liw. Teimlai fel pe bai'r byd wedi stopio troi.

'Took his own life, love. He hung himself. I'm awful sorry to have to tell you this, all his friends.' Sniffiodd e, llyncu ei boer, a sychu'i drwyn ar gefn ei law anferth, oedd yn wlyb yn barod oherwydd y glaw. 'He didn't leave a note or nothin'. No warning.

We just can't get our heads 'round it.'

Roedd e'n ddyn mawr, yr un maint â Biggsy, ond yn ei chwedegau. Dyn cryf, dyn 'go iawn', ond crychodd ei wyneb fel papur wrth iddo rannu'r newyddion. Roedd golwg mor ddiymadferth arno fe, a theimlodd Catrin drosto fe'n syth. Clywodd hi sŵn od, fel sŵn udo, ac ni allai weithio mas o ble roedd yn dod. Edrychodd ar draws y stafell. Liam oedd e, yn eistedd gyda'i ben yn ei ddwylo. Edrychodd Catrin ar Lauren, a oedd yn beichio crio hefyd, ac ar Elin oedd yn sefyll mor stond â cherflun. Gallai Catrin glywed ei chalon yn curo yn ei chlustiau. Roedd hi'n teimlo pob math o emosiynau'n ymosod arni; sioc, tristwch, dryswch, a hefyd ar yr un pryd, teimlai mor uffernol o letchwith. Doedd hi ddim yn gwybod sut i fihafio yng nghwmni ewythr Biggsy, ac yntau'n dal i sefyll yng nghanol y stafell, a Liam yn udo o flaen y teledu a'i sgrin ddu. Teimlai'n wirioneddol anghyfforddus. Doedd neb yn gwybod beth i'w ddweud, na beth i'w wneud. Torrwyd y distawrwydd unwaith eto gan Elin.

'Would you like a cup of tea?' cynigiodd mewn llais caredig, a rhoi ei llaw ar ei fraich.

'No thanks, kid, I'd better get back to Jan. There's a lot to do, but I'll call back later on.' dywedodd, gan rwbio ei lygaid â chefn ei law, fel pe bai'n ceisio gwthio'r dagrau'n ôl i mewn. Rhoddodd ei gap gwlyb yn ôl ar ei ben.

'Yes, of course. Let us know if there's anything at all we can do. I'll see you out,' dywedodd Elin, a diflannu i lawr y cyntedd gyda fe.

'I feel sick,' sibrydodd Catrin, a dechrau crio.

'I can't stop shaking,' beichiodd Lauren.

Erbyn hyn, roedd Liam yn dawel, yn dal i eistedd gyda'i ben yn ei ddwylo, gan bwyso 'nôl a 'mlaen yn araf yn ei sedd.

Trodd Lauren ato. 'You ok, Li?' Symudodd hi i eistedd yn

ei ymyl ar y gadair. Roedd ei gorff yn anystwyth, a chododd yr olygfa ofn ar Catrin. Oedd e'n mynd i fynd yn grac? Gweiddi? Pwnsio rhywbeth? Neu oedd e'n mynd i ddechrau udo eto?

Daeth Elin yn ôl o'r drws ffrynt, gan wasgu ei dwylo mewn anobaith.

Heb unrhyw beth arall i'w ddweud, gofynnodd Catrin iddi'n wan, 'Wnewn ni de?'

'Syniad da. Dof i â'r pot mas,' a sgrialodd Elin bant i'r gegin. Wrth iddi ymgolli yn ei thasg, aeth Catrin â llond llaw o hancesi papur i mewn i'r stafell fyw at y lleill. Doedd dim sŵn yn eu plith, heblaw am sŵn sniffian ac ebychu. Pwy fyddai'r cyntaf i siarad? Beth ddyweden nhw?

Aeth Catrin i'r gegin i helpu Elin a gwelodd ddagrau yn llifo i lawr ei hwyneb, wrth iddi lenwi'r pot. Rhoddodd Catrin hances iddi, wrth iddi'i hun ddechrau beichio crio a dechrau dirnad sut oedd eu byd newydd ddod i ben.

'Dwi'm yn deall... sut oedd e...' Cafodd drafferth dod o hyd i'r geiriau. 'Pam wnaeth e hyn? Dwi'm yn deall o gwbl. Oedd e mewn trwbl neu rywbeth?'

Dim ond siglo ei phen a sychu'i llygaid wnaeth Elin.

'Sai'n gwbod,' sibrydodd. 'Sai'n credu.'

Cariodd Catrin y pot, y llaeth a'r cwpanau i mewn ar hambwrdd. Roedd llyfrau Elin yn dal i lenwi'r bwrdd, ac ar ôl i Catrin roi'r hambwrdd i lawr, stwffiodd Elin nhw i gyd 'nôl yn ei bag, a'i daflu i'r gornel, er ei bod mor ofalus ac yn ffwdanu cymaint am bopeth fel arfer.

'Why did he do it?' sibrydodd Lauren, ei phen i lawr, â'i hwyneb yn ei hances.

'I can't take it in either,' atebodd Catrin.

'In the pub,' craciodd llais Liam, a llyncodd e'n ddwfn. 'In the pub last night, he said goodbye to me, but he was saying "goodbye"... forever. Helen from work... the boys in the club... he was saying goodbye to them all. He must have known what he was going to do.'

Dechreuodd Liam grio. 'If only I'd known. If only he'd said something.'

'You couldn't have known,' cysurodd Lauren, gan bwyso ei phen ar ei ysgwydd. 'No one could.'

Eisteddodd y pedwar yn syllu'n fud ar eu cwpanau, pob un yn sychu ei ddagrau a chwythu ei drwyn yn ei dro. Roedd eu byd wedi newid mewn chwinciad. Un funud yn llawn hwyl a chwerthin am ben Biggsy, y funud nesaf, gordd galar yn eu taro a'u chwalu'n rhacs. Mor sydyn. Meddyliodd Catrin am Biggsy. Beth oedd yn bod arno fe? Oedd e mewn trwbl ariannol? Oedd e'n gamblo neu rywbeth? Roedd hi'n gwybod nad oedd e'n dwlu ar ei swydd, ond doedd hi ddim yn meddwl bod pethau mor wael â hynny. Roedd e wastad mor hapus a bywiog, gyda'r wên fwyaf o bawb. Croesodd ei meddwl y gallai e fod hoyw a'i fod yn poeni beth fyddai'r bois yn gwneud o hynny. Ond siawns y byddai e wedi gallu dweud wrth rywun. A beth am Helen o'r gwaith? Doedd dim byd yn gwneud synnwyr. Neidiodd hi'n sydyn, wrth i Lauren wthio ei sedd yn ôl, gan ddweud 'I need a pee,' a rhedeg lan llofft.

'I'm going out the back,' meddai Liam yn dawel, ac estyn i'w boced gefn.

'It's hammering down out there!' rhybuddiodd Elin.

'Well I'll put my hood up then,' a chan afael yn ei got o gefn y gadair mor sydyn, cwympodd y gadair drosodd. Edrychodd Catrin ar Elin.

'Beth wnewn ni nawr?'

Cododd Elin ei gwar a'i sgwyddau. 'Sai'n gwybod, ond dwi'm yn mynd mewn i'r gwaith fory, dwi'n gwbod 'ny. Wna i eu ffonio nhw yn y bore.'

‘Na fi chwaith. Dwi ddim yn mynd i uni.’

‘Ai mam Biggsy yw Jan, ’te?’

‘Dwi’n meddwl. Dwi ddim yn gwybod lot amdani mewn gwirionedd. Dwi’n gwybod bod Biggsy yn gwneud lot iddi, a bod hi’n dwlu arno fe. O God, mae’n ofnadwy, ei hunig blentyn.’

‘O ie! Does dim brawd na chwaer ’da fe.’ Criodd Elin, ac ar ôl meddwl am eiliad, ychwanegodd hi drwy ddagrau, ‘Doedd dim.’

Plygodd Catrin ei breichiau ar y bwrdd a chladdu ei thalcen ynddyn nhw, gan lefain nes bron â thorri’i chalon.

‘Beth am ei dad ’te, Cat?’

Siglodd Catrin ei phen, cyn ei godi ychydig, chwythu’i thrwyn a dweud, ‘Dyw e ddim wedi’i weld ers blynyddoedd.

Daeth Lauren yn ôl i lawr llawr, ei hwyneb yn goch, ei thrwyn yn sgleiniog, ac eistedd yn ôl wrth y bwrdd. Roedd yn rhyfedd gweld ei hwyneb heb golur. Gwthiodd Elin ei phaned tuag ati. ‘Come on, have your tea.’

‘I can’t get over this, it just doesn’t make any sense. He was always so happy.’

A doedd neb yn gallu ei ddeall, neb yn gallu gweithio fe mas. Pam na ddywedodd e ddim byd? Roedden nhw i wedi cael diwrnod normal, heb wir sylweddoli ei fod e ar goll, tra ei fod e wedi bod yn gorwedd mewn *morgue* yn rhywle.

Yn sydyn, daeth Liam yn ôl o’r ardd, yn wlyb â dagrau, gan edrych i lawr ar ei ffôn.

‘People know,’ dywedodd. ‘Everyone’s messaging me. Have you looked at your phones?’ Doedden nhw ddim ers iddyn nhw glywed y newydd. ‘And some arsehole was saying that Biggsy was that wrecked in Rafferty’s last night, that he probably choked on his own sick.’ Ebychodd pawb. Trawodd Liam ei ffôn ar y bwrdd gan beri i’r merched neidio yn eu trallod.

‘I can’t stand this. I’m going to go upstairs to phone my mother,’ dywedodd Lauren. Estynnodd Elin am y tebot a llenwi cwpan Lauren. ‘Here you are, take this up with you.’ Llwyddodd Lauren i wenu’n wan arni. ‘Thank you’, dywedodd yn ddi-dwyll, a mynd i lan y grisiau yn araf, a hyd yn oed sŵn ei chamau’n swnio’n drwm ac yn drist.

Pennod 14

Roedd rhywbeth mor chwithig am weld pawb yn y capel, pobl na fyddai'n mynd yn agos i'r lle fel arfar – bois o'r dafarn, bois pêl-droed, cydweithwyr Biggsy, pobl roedd Catrin yn eu hadnabod o'r siopau a chaffis yn y dre. Eisteddodd y merched gyda'i gilydd ar sedd hir ar y chwith, ym mlaen y capel, a'r pren tywyll yn oer o dan eu penolau. Roedd mam ac wncwl Biggsy wedi gofalu am y trefniadau i gyd felly doedd dim dyletswyddau gan Lauren, Elin na Catrin er eu bod nhw wedi galw i gydymdeimlo a chynnig helpu ond roedd roedd Liam yn un o'r rhai oedd yn cario'r arch. Edrychodd Catrin o'i chwmpas. Ar un olwg, roedd hi bron yn ddoniol gweld cynifer o ddynion ifanc o'r Sportsman wedi'u gwasgu i mewn i siwtiau du ac esgidiau ffurfiol, eu tatŵs niferus wedi'u cuddio gan y siacedi du a'r crysau anystwyth. Yna meddyliodd am fywyd heb Biggsy. Fyddai nosweithiau allan yn y dafarn fyth yr un peth hebddo, na charioci, na'r un parti chwaith. Gwyddai Catrin nad oedd modd byw yn y swigen o hwyl a phartis eu tŷ nhw am byth, roedd marwolaeth Biggsy wedi chwalu'r swigen honno a'u heneiddio nhw i gyd, dros nos.

Roedd hi'n gysur gweld cynifer o bobl yno, cynifer o wynebau cyfarwydd. Byddai Biggsy wedi bod wrth ei fodd! Er na fyddai'r gerddoriaeth leddf at ei ddant. Ar yr organ drydan fach, roedd hen fenyw sionc yr olwg yn chwarae emyn dôn dawel a meddal, cân angladdol mor... mor... an-Biggsyaidd. Cododd sŵn yr organ yn uwch, a gallai Catrin weld y gadwyn aur ar sbectol y fenyw yn siglo yn ôl ac ymlaen, wrth i'w hysgwyddau godi a disgyn gyda mwy a mwy o egni. Er gwaethaf ei brwdfrydedd, ni symudodd y byn tyn o'i gwallt a oedd wedi'i sodro yn ei lle, diolch i Elnett. Clywodd sŵn siffrwd newydd yng nghefn y capel. Edrychodd dros ei hysgwydd a gweld wynebau Liam a Roger a phedwar o ffrindiau a chydweithwyr Biggsy yn cludo'r arch ar eu hysgwyddau. Rhewodd a theimlodd ei chalon yn curo mor uchel nes y teimlai'n sicr y gallai pawb yn y capel ei chlywed. Roedd wyneb Liam fel cerflun – yn ddisymud, yn ddifynegiant ac yn ddideimlad.

Wedyn, wedi'i chuddio gan gysgod ei brawd, dyma fam Biggsy'n ymddangos, gyda chriw o fenywod yn ei hebrwng. Dan yr holl ddillad du, roedd hi bron yn anweledig. Cafodd Catrin gipolwg sydyn arni. Roedd hi wedi lliwio'i *roots*, ond hongiai ei gwallt o gwmpas ei hwyneb nes rhoi'r argraff fod hwnnw'n galaru hefyd.

Dechreuodd Catrin grynu wrth iddi glywed sŵn ebychu, cyn sylweddoli taw hi ei hun oedd yn gwneud y sŵn. Teimlodd law Elin yn gwasgu ei braich a throdd 'nôl i wynebu blaen y capel. Syrthiodd ei llygaid ar yr arch, a oedd bellach wedi'i gosod o'u blaen ar ochr chwith y capel. Dim ond yn y foment hon y sylweddolodd hi, heb os, fod Biggsy wedi marw.

Ciliodd cerddoriaeth yr organ, a dechreuodd y gweinidog siarad. Ni allai Catrin ganolbwyntio ar beth roedd e'n ei ddweud. Rhywbeth am Dduw. Dywedodd e rywbeth am 'God's servant'?

Ai 'God's Servant' oedd Biggsy? Go brin. Edrychodd hi ar Lauren, a hithau arni hi, â'i llygaid yn dweud, 'Dwi'n gwybod!' A phan ddywedodd y dyn 'Death came like a thief in the night', dechreuodd Catrin wylltio – yr anghrediniaeth yn corddi y tu mewn iddi. Roedd hi'n amlwg nad oedd y dyn 'ma erioed wedi cwrdd â Biggsy, gan ei fod yn siarad cymaint o lol amdano. Ni ddaeth 'death' fel 'thief in the night', i ddwyn enaid Biggsy, a mynd â fe i ffwrdd i deyrnas Duw. Daeth yn hytrach fel sarff yn slei i mewn i feddwl Biggsy, a'i wenwyno'n araf ac yn ddistaw, a hyd heddiw, does neb yn deall pam. Ar hynny, safodd pawb i ganu emyn. Hynny yw, safodd pawb, a chanodd y gweinidog a'r hen bobl emyn, tra bod ffrindiau Biggsy yn mwmian yn eu hunfan, heb ddeall y geiriau nac adnabod y dôn.

Wrth i bawb ddechrau gadael y capel, edrychodd Catrin ar ei dwylo ac ar y llawr i osgoi edrych ar yr arch ar y ffordd allan. Cerddon nhw o'r capel yn ddistaw, ac i lawr y stryd at gar Catrin. A hwythau yn y car, teimlent fel y gallen nhw anadlu eto. Roedd Lauren wedi dringo i mewn i'r sedd flaen, a chicio ei sodlau uchel bant ar lawr.

'Jesus Christ, that was awful!'

Gwasgodd y botwm i agor y ffenestr, gan fod yn ofalus nad oedd yn difrodi ei chrafangau hir lliw gwin.

'Did you see his mam, though? She's like a little mouse, love her.'

'Lauren, watch I don't scrape that car while I'm turning.' Ceisiodd Catrin ganolbwyntio ar y ffordd, ac ar osgoi bwrw car rhywun arall, neu'n waeth fyth, y galarwyr ar y ffordd. 'These roads weren't built for this many cars.'

'Well no,' meddai Elin fel yr athrawes fel ag ydyw. 'They were only built to be wide enough for a horse and cart, weren't they. The widest parts of the main road are only that wide, because they had to have room for a horse and cart to turn.'

'Yes, Miss!' atebodd Lauren, yn goeglyd, gan fygu ffug-ddylyfiad gên.

Teithiodd y car i lan y ffordd yn araf, y tu ôl i res hir o geir, a phob un yn dilyn y dyn a gerddai'n urddasol y tu blaen i'r hers gan arwain yr orymdaith. Roedd y briffordd yn stond, gyda phobl yn sefyll yn eu drysau yn gwylio'r angladd yn mynd heibio, fel pe bai'n orymdaith Nadoligaidd, nid angladd dyn ifanc. Arhosodd ceir yn y cyffyrdd ger y briffordd i adael i'r orymdaith fynd heibio heb darfu arni. Wrth iddyn nhw gyrraedd pen y dref a'r gyffordd i droi am y fynwent, roedd yn rhaid iddyn nhw fynd heibio i'r Sportsman.

'Oh, look at that,' meddai Elin, y diflastod yn amlwg yn ei llais. 'Those two old men drinking outside the Sportsman at this time of day. It's not even twelve o'clock yet!'

'Wait a minute,' galwodd Lauren. 'Oh my God, they're bowing their heads! They're raising their pints to Biggsy! Oh my God, that was the nicest thing ever! Did you see them, Cat?' Nodiodd Catrin ei phen, gan geisio dal y dagrau 'nôl. 'Aw,' ebychodd Lauren. 'They must've been 80 if they were a day, bless 'em. They must know Biggsy from the pub. Oh, someone pass me some tissues!' Sychodd ei thrwyn a chorneli'i llygaid gyda'r hances.

'That's why I didn't put make up on this morning,' dywedodd Elin yn hunanfoddhaol, wrth wylio ymdrechion Lauren yn y drych.

'Waterproof, babe,' atebodd Lauren yn syth, gan wybod y gallai hi grio, ond yn dal i edrych yn lysh.

Gwnaeth yr orymdaith ei ffordd lan y bryn i'r fynwent, a thrwy'r gatiau metel du, wrth i Lauren wthio ei thraed yn ôl i mewn i'r esgidiau gwirion. Roedd yno dorf erbyn iddyn nhw adael y car. Edrychodd Catrin ar esgidiau Lauren, ac ar y glaswellt llaith. Bydd hyn yn hwyl, meddyliodd. Ymunon nhw â gweddill y bobl, a chyn pen dim, dechreuodd y gweinidog siarad. Doedden nhw ddim yn agos iawn at y blaen, ac roedd ambell gawr yn sefyll yn eu ffordd, felly doedd dim modd iddyn nhw glywed pob gair. '... Hath but a short time to live... he flee'eth as it were a shadow.' Clywodd Catrin ambell air o'r blaen, ynghyd â'r beichio cyson yn rhaeadru drwy'r dorf tuag ati. Mewn gwirionedd, roedd Catrin yn falch bod y dynion yn sefyll o'u blaen nhw. Doedd hi ddim wir am syllu a gweld y bedd a'r arch yn glir, a mam Biggsy, ac Uncle Roger. Cydiodd y tair ym mreichiau ei gilydd.

Dechreuodd y gweinidog adrodd 'Our Father, who art in heaven', y weddi awtomatig, a Catrin wedi ei hadrodd am flynyddoedd yn yr ysgol gynradd, ond roedd Elin yn ei hymyl yn ei hadrodd yn Gymraeg. Roedd rhywbeth chwithig am ddweud 'on earth as it is in heaven', a chlywed yn ei chlust chwith 'felly ar y ddaear hefyd', ond er gwaetha'r gwrthdaro ieithyddol, cyrhaeddodd hi, Lauren ac Elin 'for ever and ever... yn oes oesoedd...' ac 'Amen' gyda'i gilydd.

Gofynnodd y gweinidog a oedd rhywrai am daflu pridd ar yr arch, a dechreuodd ambell un gamu ymlaen. Yn ddiarwybod iddynt, cafodd y merched eu dal yn y rhes o bobl a oedd yn aros i daflu'r pridd. Doedd Catrin ddim am wneud o gwbl, ond doedd dim dianc nawr, roedd hi'n sownd. Aeth Elin yn gyntaf, wedyn Lauren, wedyn hi. Yn gwbl ddideimlad, dyma afael yn y pridd a'i daflu, a'i glywed fel craig yn taro'r arch. Arni, gallai weld un rhosyn coch, a rhuban amdano'n dweud 'Son'.

Gadawodd Catrin yn gyflym, y dagrau'n cronni yn ei llygaid. Aeth hi heibio i ryw ddwsin o bobl, heb syniad pwy oedden nhw. Dim ond cyrraedd ei char oedd ei nod. Roedd y tair yn falch iawn o fod yn y car unwaith eto, i ffwrdd o'r bedd, yr arch, ymhell o'r bobl mewn dillad du.

‘I think that was worse,’ sibrydodd Elin o gefn y car. ‘Did you see his dad, Lauren? I don’t know what he looks like.’

‘I don’t know,’ atebodd Lauren. ‘There was a lot of oldish blokes at the front. Some big fellas too, like Biggsy, but I don’t know. They could have been family friends or uncles.’

Anadlodd Catrin yn ddwfn cyn troi’r allwedd a dweud ‘Right, two down, one to go, yeah?’ Cyfrodd ar ei bysedd. ‘Chapel, cemetery, rugby club. I think I might leave the car there and have a drink if you don’t mind, girls.’ Edrychodd hi ar Lauren, a dyna hithau’n ceisio glanhau sodlau ei hesgidiau gyda hances papur.

‘Aw, did you get muddy up there?’

‘Muddy?’ ebychodd Lauren. ‘Didn’t you see me sinking in the grass? I was about three inches shorter by the time that bloody vicar finished chopsing!’

Chwarddon nhw, ond gan geisio cuddio eu hwynebau rhag y bobl eraill yn y fynwent.

‘Oh God, I so need to laugh today,’ dywedodd Catrin.

‘We’ll go to the club now and have a few drinks, is it?’ gofynnodd Elin. ‘Will you be alright walking home after in... those?’ Chwifiodd Elin ei bys yn feirniadol at esgidiau Lauren.

‘Yeah, course. Or I’ll just carry them. Oh, I remember Biggsy giving me a piggy back home from the pub, because of my shoes! I’m going to miss him so much.’

‘Me too.’

‘And me.’

* * *

A hithau’n ddiwrnod ar ôl yr angladd, doedd dim sŵn yn y tŷ cyn un ar ddeg. Fesul un, ymddangosodd pawb yn y stafell fyw, yn fregus ac yn flinedig. Ar ôl gwisgo eu siwtiau a’u ffrogiau duon y diwrnod cynt, roedd pawb yn teimlo'n well yn eu dillad 'normal' heddiw, ac yn eistedd gyda'i gilydd, yn cael paned ac yn gwneud dim byd.

'I'm knackered,' cwynodd Liam. 'My arms and legs feel like lead, and my back is really stiff.' Symudodd ei ben o ochr i ochr i wneud ei bwynt.

'I think it's just all the stress in our bodies coming out,' meddai Lauren. 'We're all feeling rough today, because we had such a stressful day yesterday.'

Cytunodd pawb. Ychwanegodd Lauren ei bod wedi siarad â mam Biggsy ar y ffôn, i ofyn sut oedd hi heddiw. Dywedodd hi ei bod wedi cael allweddi Biggsy 'nôl gan yr heddlu, a byddai ewythr Biggsy yn dod i'r tŷ i ddechrau casglu eiddo Biggsy: ei ddillad, ei deledu, unrhyw waith papur. Ni allai ei fam druan wynebu'r dasg. Trodd Catrin at Liam.

'She'll probably be glad to have his TV. Did you see that dwti little thing she had on the table in the corner?'

'Aye,' meddai Liam. 'Biggsy's TV is a nice one, fair play. He paid quite a bit for that too, only the start of this year.'

Parhaodd Lauren. 'His mam said he had his grandad's watch, so she'd like to have that back, because it's sentimental.'

'Christ on a bike!' Gwibiodd Liam o'i sedd fel rocet, gan ddychryn pawb arall, a dyma hwythau'n edrych arno'n syn.

'What's the matter?' gofynnodd Lauren.

'The magazines! Where did he keep his spare room key?'

'Under the rug on the landing. Why?'

Ond cyn iddi orffen ei brawddeg, diflannodd Liam i lan y grisiau, fesul dau ris.

O fewn munud roedd Liam wedi rhedeg 'nôl i lawr y grisiau, rhuthro i'r gegin a dechrau slamio drysau'r cypyrddau.

Daeth e 'nôl. 'Where do we keep the black bags?'

'None there,' atebodd Lauren yn ddigofus. 'You were supposed to get some, remember?' meddai, yn falch o'i buddugoliaeth fach dros Liam.

'Shit,' mwmiodd trwy ei ddannedd, a diflannu eto.

Ar ôl munud o glecian a stompio, daeth e i lawr eto, ond y tro 'ma gyda'i freichiau'n llawn cylchgronau. Rhuthrodd heibio i'r merched.

'Look, you dropped one!' galwodd Elin ar ei ôl, a dechrau croesi'r stafell i'w godi. 'It's ok, I'll get it for you!'

Sgrechiodd sgrech traw uchel.

'What the hell?' Croesodd Lauren y stafell ac edrych dros ysgwydd Elin.

'Bloody hell!' ebychodd. 'No wonder Liam didn't want Biggsy's mam to see those!'

Dilynodd y merched Liam i'r ardd, lle roedd e'n cicio drws y sied ar gau a cheisio peidio â disgwyl yn amheus. Chwifiodd Lauren y cylchgrawn rhwng ei bys a bawd, fel petai yn dal pysgodyn wedi marw.

Roedd golwg gywilyddus ar wyneb Liam wrth iddo ei gymryd oddi wrth Lauren, a sylweddoli ei fod e, a Biggsy, wedi cael eu ffeindio mas.

'There's bloody dozens of them!' gwichiodd Lauren. 'Is there not enough on the internet or something?'

Plyciodd Liam y cylchgrawn cyfeiliornus yn y sied, a chicio'r drws ar gau unwaith eto. Chwaraeodd e gyda'i watsh yn lletchwith, gan edrych ar ei draed. Sylwodd Catrin fod ei wddf yn cochi, fel llenwi glasaid o bop coch. 'Of course there's enough on the internet, but he liked them... vintage, didn't he.'

'Vintage?' ebychodd Lauren, gan forio chwerthin.

Edrychai Liam yn fwy anghyfforddus pob eiliad. 'Well yeah. Y'know, I like vinyl, he liked his old school filth.'

Pennod 15

Ceisiodd pawb fihafio'n 'normal', gwneud pethau fel arfer. Ond roedd popeth mor rhyfedd. Roedd hi'n rhyfedd i beidio â chlywed Biggsy yn dod 'nôl o'r gwaith a slamio'r drws nes i'w dannedd grynu. Rhyfedd i beidio â'i glywed yn canu yn y gawod. Rhyfedd mynd i'r dafarn hebddo fe oedd y gwaethaf. Roedd e mor swnllyd, mor fywiog, mor ddoniol. Byddai'n codi hwyliau pobl eraill gyda'i dynnu coes a'i jôcs gwael. Teimlai popeth mor fflat hebddo fe.

Awgrymodd Elin iddynt fynd am noson allan i godi'u hwyliau. Roedd ei hysgol wedi trefnu noson i godi arian, gyda chyrri a cherddoriaeth. Doedd neb eisiau gwneud ymrwymiad i fynd, doedd dim chwant ar neb, ond roedd yr ysgol yn disgwyl i Elin fynd, ac roedd hi eisiau cwmni.

'Music, curry, a couple of drinks? I think it's what we all need, to be quite honest.'

'WWBD,' meddai Lauren.

'Huh?' ebychodd pawb fel un.

'What would Biggsy do?' gofynnodd Lauren.

'He'd be mad for it,' meddai Catrin. 'He'd probably eat everyone else's left over curry, on top of his own, and he'd probably end up making friends with all the teachers from Elin's school!'

Chwarddodd pawb a chytuno'n llwyr.

'He totally would!' meddai Lauren.

'Oh, Biggsy would have loved it!' ebychodd Elin yn drist.

'I dunno,' cwynodd Liam. 'I don't think I can be arsed.'

'Well I think you're right, girls,' meddai Lauren. 'We'll all go and have a laugh, in honour of Biggsy. And that includes you, Liam.'

'OK! Settled.' Clapiodd Elin ei dwylo'n gyffrous. 'Tickets are £10, I'll get them this week and you can all pay me back. Right,' neidiodd o'i sedd, 'I'm going up to have a bath.' Trodd hi 'nôl o waelod y grisiau ac ychwanegu, 'Ooh, it'll be great! I can't remember the last time I went to a twmpath!'

Disgynnodd wyneb Catrin.

Roedd Liam yn gegrwth, a rhuodd e ar ôl Elin, 'A what-now?'

Chwarddodd Lauren. 'What the hell's a twmpath? Sounds tasty anyway!'

Er gwaethaf eu hamheuon, cytunodd pawb i fynd i'r twmpath gan ddilyn Elin ar hyd y strydoedd cyfarwydd, i gael profiad hollol anghyfarwydd yn y Workingmen's Club. Ar y tu mewn roedd pobl o bob oedran ac o bob cefndir. Gwthion nhw eu ffordd trwy dorf o deuluoedd, hen bobl, plant ac athrawon, nes iddynt ddod o hyd i rywle i eistedd. Er diléit Catrin a Lauren, roedd nifer o ddynion ifanc yno hefyd.

'Things are looking up!' gwenodd Catrin wrth edrych ar Lauren.

'Who's that one over there?' sibrydodd Lauren, gan afael ym mraich Elin a phwyntio at ddyn tal wrth y bar.

'Oh, that's Mr Griffiths. Hywel.'

'Mmm,' lledaenodd ei llygaid, a dechreuodd ei gwên dyfu. 'Single?'

'Um, I think so.'

'Straight?'

'As far as I...'

Ond cyn i'r geiriau adael ei gwefusau, roedd Lauren ar ei ffordd i'r bar, a chyn pen dim yn sgwrsio gyda Mr Griffiths, Hywel, fel hen ffrindiau. Gwyliodd Elin a Catrin hi, wrth iddi daflu ei chudynnau hir dros ei hysgwyddau. Roedd hi mor hyderus o gwmpas dynion, a byddai Catrin yn dwlu cael hanner ei hyder hi. Edrychodd hi i'w chwith, ar Liam.

'Liam, get off your phone!' galwodd hi. 'Hey, come to think of it, gei di siarad Cymraeg heno, Liam! Efallai gei di ffeindio merch fach neis! Rhyw Esyllt, sy'n canu'r delyn, neu rywbeth!'

Cododd Liam ei botel yn un llaw, a chodi dau fys ar Catrin gyda'r llaw arall.

'Ww, mae e eisiau DAU Esyllt!' chwarddodd Catrin.

'Dwy, cariad, nid dau,' ychwanegodd Elin, gan golli'r jôc yn llwyr.

Roedd y band yn wych, ac o fewn chwinciad, roedd Lauren wedi llusgo'r athro golygus ar draws y neuadd i ddawnsio. Roedd Catrin wedi bod yn meddwl y byddai'r noson braidd yn sych, ffroen uchel efallai. Ni allai fod wedi bod yn fwy anghywir. Roedd pawb yn feddw, pawb yn dawnsio – plant gydag oedolion, hen bobl gyda phobl ifanc, dynion a merched, merched a merched. Daeth Lauren â Hywel draw i'r bwrdd, i ddweud helô wrth bawb. Gwisgai Lauren ei hesgidiau sodlau uchel, ei ffrog ddu oedd yn clingio i'w chorff a chroesai ei choesau brown a oedd wedi cael haenen dda o fake tan am y tro cyntaf ers wythnosau. Roedd hi wedi denu sylw nifer o'r tadau, sylwodd Catrin. Roedd eu gwragedd nhw'n gwisgo'n fwy ymarferol, tra bod Lauren wedi gwisgo fel pe bai'n mynd i glwb nos.

'This is Hywel, he works with Elin.' Cyflwynodd Lauren Hywel i'r ffrindiau, a dyma pawb yn ysgwyd llaw, gyda hyd yn oed Liam yn dweud, 'Iawn, byt?'

Edrychodd Catrin ar Hywel. Crys ffynci, gwasgod gyda hances yn ei boced. Nid teip arferol Lauren o gwbl, ond roedd e'n ddigon cyfeillgar, ac roedd yn rhaid i Catrin gyfaddef ei fod yn olygus iawn hefyd.

Ar ôl rownd arall galwodd Hywel ei ffrind draw i ymuno â nhw. Roedd pawb yn siarad Cymraeg, felly heno roedd Lauren yn y lleiafrif. Ond ni allai Catrin ond synnu at ba mor gyfforddus oedd hi. Doedd hi ddim yn ymddangos yn swil, na mas o'i lle. Roedd hi'n fodlon ynddi'i hun, heb angen cymharu ei hun â neb arall. Clywodd Catrin Liam yn siarad â ffrind Hywel yn Gymraeg, a dyna roedd sioc arall. Wel, hanner Cymraeg a hanner Saesneg, ond pa ots?

Ymunodd Catrin â'r sgwrs. Dyfed oedd enw'r ffrind. Roedd e'n dal ac yn olygus fel Hywel, ond yn dawelach. Roedd llygaid glas hyfryd gyda fe, ac edrychai e i lawr yn swil pan fyddai'n chwerthin. Pam nad ydw i'n cwrdd â dynion fel hyn ar nos Sadwrn, meddyliodd. Rhoddodd Lauren fys bawd lan i Catrin dros y bwrdd a chwinciodd Catrin yn ôl. Plygodd Lauren dros y bwrdd tuag at Catrin a sibrwd yn ei chlust.

'Not bad is 'e?'

Gwenodd Catrin yn ôl. 'Who, Dyfed? Suppose not!'

'Why do they call him that anyway?'

''Cause it's his name?'

Plygodd Lauren yn ôl, ei phen ar un ochr. 'Dove Head?'

'Not Dove 'ead, you tit! Dyfed, like the place, or is it a mountain? Anyway, his name's Dyfed!'

'Aah, I thought it was his nickname! Ok!' chwarddodd.

Rhoddodd Hywel law ar fraich Lauren a gofyn iddi ddawnsio, a mynnu bod rhaid i Catrin a Dyfed ymuno â nhw. Dawnsiodd y merched gyda'u 'partneriaid', cyn newid lle a dawnsio gyda'r dyn arall, ac wedyn gyda'i gilydd. Roedd pawb mas o wynt erbyn iddyn nhw eistedd eto.

Roedd Catrin yn siarad â Dyfed wrth i'r ddau ohonyn nhw geisio cael eu gwynt atynt eto. Roedd e mor neis, a doniol, ac roedd hi'n hawdd siarad â fe. Gwylion nhw y bobl eraill yn dawnsio, yn neidio a sgipio o gwmpas y neuadd. Roedd awyrgylch fendigedig yn y neuadd hon. Roedd pawb yn cael hwyl, yn cymdeithasu, yn mwynhau cwmni ei gilydd. Meddyliodd Catrin am y Sportsman, ac am dreulio nos Wener yno. Byddai'n hollol wahanol i'r noson hon. Byddai Catrin a'r gweddill yn treulio eithaf tipyn o amser yn y Sportsman, ond byddai wastad teimlad yno o fod yn barod am rywbeth, fel pe bai'n disgwyl i ymladd ddigwydd, neu ryw ddadl ffyrnig. Yn y neuadd dywyll yma, roedd pawb yn gwenu. Doedd neb yn syllu'n gas ar neb arall, neu'n chwilio am esgus i gael ffeit.

Wrth i amser basio, sylweddolodd Catrin y byddai'n bryd iddyn nhw adael yr athrawon golygus a'r neuadd odidog, a dal y tacsi adref gan nad oedd Lauren yn gallu cerdded yr holl ffordd 'nôl yn ei sodlau uchel. Doedd Lauren ddim eisiau gadael Hywel a doedd e ddim eisiau iddi hi adael. Awgrymodd Hywel y dylen nhw aros tan y diwedd, a gallai Dyfed eu gyrru nhw adref.

'Are you sure? You can come back to ours and have a drink!'

'Hang on.' Roedd golwg ddifrifol ar wyneb Elin. Symudodd ei gwefusau wrth iddi gyfrif faint oedden nhw. 'Aww no, there's six of us! Too many to fit in one car.'

Teimlai Catrin ei chalon yn ffrwydro yn gant a mil o ddarnau. Yr unig noson iddi dynnu mewn oesoedd, a bydd yn rhaid iddi adael yn gynnar. Edrychodd hi ar Lauren, a dyma hithau gyda'i phen ar ysgwydd Hywel, â golwg mor drist ar ei hwyneb.

Gwenodd Dyfed yn hyderus. 'No problem, I'm a surfer, you'll all fit in the van.'

Gwichiodd Lauren a rhoi cwtsh mawr i Hywel, tra bod Catrin yn ceisio peidio â dangos ei chyffro.

'Brilliant!' meddai Lauren yn hapus.

Gadawon nhw'r clwb ar ddiwedd y noson yn chwyslyd ac wedi blino, ond yn chwerthin o hyd. Aethon nhw i lawr y grisiau ac allan o'r maes parcio i gyfeiriad fan Dyfed. Roedd y cyfuniad anffodus o ormod o ddiodydd ac esgidiau Lauren yn dechrau achosi problemau iddi.

'Can I just wait here for you, and you pick me up on the way past?' Roedd ei braich o gwmpas Hywel erbyn hyn, â'i llaw yn gorwedd yn ei boced cefn.

'No probs,' atebodd Dyfed. 'See you in 5!'

'Hang on!' galwodd Catrin. 'What about the others? Oh, there's Liam.' Roedd Liam ar fin troi'r gornel i'r cyfeiriad arall.

'Err, pick me up as well. And Elin. She's inside, talking. I'm just nipping round the corner for a slash.' A dyna yntau'n diflannu lawr stryd gefn dywyll. Roedd y merched yn gwybod beth oedd gwirionedd y sefyllfa, ond ddywedon nhw ddim byd o flaen yr athrawon hyfryd.

Cerddodd Catrin ar hyd y stryd o dai teras gyda Dyfed, â'u hanadl fel mwg o dan olau'r stryd. Roedd hi'n oer, a hithau'n cerdded â'i dwylo yn ddwfn yn ei phocedi, ei hysgwyddau lan. Llifodd y sgwrs rhyngddi hi a Dyfed yn hawdd. Roedd e mor ddiddorol. Yn amlwg nid boi y cymoedd oedd e. Gofynnodd e amdani, am ei chwrs, a beth oedd hi eisiau ei wneud yn y dyfodol. Doedd Catrin ddim wedi arfer â dynion yn dangos diddordeb yn ei bywyd a'i hastudiaethau. Roedd yntau wedi astudio Saesneg, a doedd e ddim wedi ystyried bod yn athro i ddechrau. Dim ond oherwydd bod Hywel yn mynd ymlaen amdano fe, a chan nad oedd cynllun arall 'da fe. 'Dychmyga'r gwyliau, gallwn ni fynd i ffwrdd a syrffio am 6 wythnos bob haf!' oedd ffordd Hywel o ddarbwyllo'i ffrind. Cyrhaeddon nhw ei fan, a theimlai Catrin yn drist gan ei bod wedi mwynhau treulio amser ar ei phen ei hun gyda Dyfed. Gwasgodd e'r botwm i ddatgloi'r fan, fflachiodd y golau ac aeth e i agor ei ddrws.

'O, sori.' Stopiodd. 'Newydd gofio. Dyw dy ddrws di ddim y datgloi. Rhaid i fi ddefnyddio'r allwedd.' Cerddodd o gwmpas y fan at ochr Catrin. 'Esgusoda fi.' Trodd yr allwedd ac agor y drws iddi, gan estyn ei fraich i'w chroesawu. Sylwodd ei bod hi'n crynu. 'O, cariad, ti'n crynu. Dere 'ma.' Roedd Catrin yn meddwl ei fod yn mynd i roi cwtsh iddi, ond wnaeth e ddim. Rhwbiodd ei ddwylo i lan ac i lawr ei breichiau i'w chynhesu, cyn dal ei dwylo rhewllyd yn ei ddwylo ef. Gwnaeth Catrin yn fawr o'r sefyllfa, a symud yn agosach ato fe, nes i'w cyrff gyffwrdd. Edrychodd hi i lan ato fe. 'Mae dy drwyn yn binc!' chwarddodd e, ac estyn i lawr a gosod sws ar ei thrwyn. Bachodd Catrin ar y cyfle, a rhoi ei llaw ar gefn ei wddf a'i gusanu fe. Cusanodd e hithau'n ôl, gan lapio'i breichiau o gwmpas ei chanol. *Yesss, he's into me even though he's sober!* meddyliodd.

'Ti'n arogli'n hyfryd,' meddai Catrin, a chuddio ei hwyneb yn ei wddf.

'Tithau hefyd,' atebodd, a gwnaeth e'r un peth, a'i chusanu'n araf o'i gwddf yn ôl at ei gwefusau.

Chwarddodd Catrin yn swil. 'Wel, mae hyn yn rhyfedd!'

'Beth?'

'Dwi erioed wedi snogio rhywun yn Gymraeg!'

Chwarddodd e, gan godi ei ben a datgelu ei ddannedd perffaith gwyn. 'Wel,' dechreuodd e'n chwareus, 'mae'n debyg i snogio yn Saesneg, ond mae'n well! Mae'n eithaf hawdd. Dere 'ma, wna i ddangos i ti.' A thynnodd e hi ato fe eto.

'Hei,' tynnodd Catrin i ffwrdd ohono am eiliad. 'Byddai'n well i ni fynd i nôl y lleill. Byddan nhw'n pyslo ble ry'n ni.'

Cyn i Dyfed ddechrau gyrru, estynnodd e 'nôl i'r sêt gefn am hwdi.

'Co ti, dyw e ddim yn gynnes iawn, ond o leia bydd e'n dy gynhesu di rywfaint.'

Lapiodd Catrin yr hwdi o'i chwmpas fel blanced, ac anadlu ei arogl i mewn.

Wrth iddyn nhw nesáu at y clwb, gwelon nhw Lauren a'r lleill yn eistedd ar y wal flaen.

'About time too!' gwaeddodd Lauren wrth i Dyfed stopio'r fan. 'Where did you park, babe, bloody Barry Island? Liam, you can go in the boot,' a'i wthio fe tuag at y fan.

Tynnodd Lauren y sêt gefn ymlaen er mwyn i Liam wasgu'i hun i mewn i'r sêt fach. Dringodd y tri arall i mewn gyda Lauren yn y canol. Roedd Liam yn dawel, ond dim ond y merched oedd yn gwybod pam.

'If we stop in big Tesco, we can get some cans and munchies,' meddai Lauren. 'Yeah, don't drive home after dropping us off, get some cans, come back to ours, put some tunes on. You can stay over and drive back in the morning, can't they?'

Nodiodd Liam yn gysglyd, ac roedd Catrin ac Elin wrth eu boddau. Edrychodd Dyfed ar Hywel yn y drych.

'Wel?'

'Pam lai? Have you got a spare room then, or somewhere for us to crash?'

Trodd llais Lauren yn ddifrifol. 'Well, we do, but...'

Trodd Catrin o gwmpas i'w gwynebu, a siglo'i phen a sibrwd yn dawel, 'No.'

Wrth gwrs, roedd 'na stafell wag yn y tŷ nawr, ond fyddai hi ddim yn teimlo fel peth da i'w wneud, gadael i bobl ddieithr gysgu yn stafell Biggsy. Stafell Biggsy oedd hon, ac ni allai neb ei hystyried i fod yn stafell 'sbar'. Dim eto.

'We've got two sofas! And sleeping bags. You'll be fine there.'

Wrth iddyn nhw nesáu at eu stryd, dechreuodd y fan gynhesu

ychydig, felly plygodd Catrin hwdi Dyfed a'i gadw yn ei chôl.

'Diolch am hwnna.'

'Pleser. Ti'n well nawr?' Estynnodd ei law a'i gorffwys ar foch Catrin. 'Ddim yn rhy ddrwg.' Symudodd ei law i lawr i'w chôl a gwasgu ei llaw. Gwenodd hi 'nôl.

Shit! Ydw i wedi gwneud fy ngwely? meddyliodd. Oes dillad brwnt ar y llawr? Efallai ei bod yn 'neidio'r gwn' ychydig, ond doedd hi ddim eisiau i bethau 'ddatblygu' gyda Dyfed, a chael ei chywilyddio gan ei stafell flêr. Trodd yn ei sêt ac edrych ar ei ffrindiau hen a newydd. Roedd Liam yn y cefn yn cysgu â'i ên ar ei frest, roedd Elin a Hywel yn siarad am y gwaith, ac roedd Lauren yn cwtsho lan at Hywel, ei braich o'i gwmpas a'i phen ar ei frest. Am noson fendigedig. Byddai Biggsy wedi bod wrth ei fodd heno: bwyd, dawnsio, siarad, merched newydd i siarad â nhw.

Trodd Catrin ei phen i'r chwith ac edrych allan o'r ffenestr, rhag ofn iddi dechrau crio o flaen Dyfed. Not sexy. Meddyliodd am Biggsy, a sylweddoli bod pob noson allan yn mynd i fod yn wahanol o hyn ymlaen, bydd profiadau a phobl newydd, ond heb Biggsy. Bydd e yn y gorffennol. Roedd heno wedi bod yn wahanol hebddo fe, ond roedden nhw wedi cael amser da, a chwrdd â llawer o bobl glên.

Trodd Dyfed i mewn i faes parcio gwag 'Big Tesco', ac aethon nhw i gyd i mewn i'r siop. Roedd y siop yn dawel yr amser hyn o'r nos. Diflannodd Liam i lawr un o'r rhesi, fel helgi yn dilyn arogl llwynog. Cerddodd y grŵp heibio i ddau barafeddyg yn prynu eu cinio canol nos, cyn cyrraedd y rhes gwrw. Doedd neb arall o gwmpas, heblaw am un tad blinedig yr olwg mewn tracsiwt, yn cario babi yn ei sêt car. Prynon nhw eu caniau, creision, a phitsas, a gwneud eu ffordd i'r til. Roedd Liam yno'n barod, yn dal dau Snickers a *multi pack* o Transform-a-Snacks.

Chwarddodd Hywel.

'Feeling peckish, are you?'

'Starving, butt,' atebodd Liam, gan rwygo papur Snickers rhif un.

'Average Friday night supper innit Li?' pryfociodd Lauren.

Pwniodd Elin hithau â'i phenelin a syllu arni. Gorffennodd Liam ei Snickers ar y ffordd 'nôl i'r fan, cyn dechrau ar y Transform-a-Snacks, a chwympo i gysgu unwaith eto.

Ar ôl cyrraedd adref, cafodd Liam ail wynt. Mynnodd e chwarae ar yr Xbox gyda Dyfed, tra bod Hywel a'r merched yn paratoi'r pitsas a chweryla ynghylch rhestr chwarae pwy fyddai'n cael ei chwarae ar y seinydd clyfar. Gwrthododd Elin bitsa a lager, gan esbonio ei bod wedi bod ar ddihun ers 6 y bore, felly roedd angen cwsg arni. Bant â hi i lan y grisiau, a dyma Catrin, Lauren a Dyfed yn bwyta eu pitsas a'u snacs wrth iddynt wylio Liam a Hywel yn brwydro ar sgrin y teledu. Curodd Hywel Liam ar yr Xbox, ac yntau'n cwyno'n chwerw y byddai e wedi ennill oni bai am y ffaith ei fod wedi bod yn yfed trwy'r nos, a bod Hywel ddim mor feddw.

'I'm too wrecked for this. I'm off up. Good seeing you boys.' A chofleidion nhw ei gilydd, fesul un, gan slapio ysgwyddau, a Liam yn dweud, 'Nos da, bois.'

Aeth Lauren i'r gegin i nôl rhagor o lagers, gan ddiffodd y golau mawr ar ei ffordd 'nôl, cyn cwtshio lan gyda Hywel ar y soffa. Gan fod Liam wedi gadael, eisteddodd Catrin ar y soffa arall gyda Dyfed, ac estyn am y *remote*. Ffeindion nhw ffilm i'w gwylio, â'u llygaid yn dod yn drymach ac yn drymach yn y tywyllwch. Tynnodd Lauren flanced drosti'i hun a Hywel, a thaflu un arall ar draws i Catrin.

'Here you are. Blanket. It's gone freezing now the heating's off.'

Ni chredodd Catrin am eiliad fod Lauren mor oer â hynny, ac roedd y stafell yn berffaith gynnes, mewn gwirionedd, ond roedd hi'n esgus da i gwtshio lan gyda Hywel a chuddio ble roedd ei dwylo.

Erbyn diwedd y ffilm roedd Lauren yn cysgu'n dawel ym mreichiau Hywel, ac yntau'n gorffwyso ei ben ar ben Lauren, yn mwytho'i gwallt, ei lygaid ar gau.

'Rhaid i fi fynd i gysgu,' meddai Catrin, a chuddio dylyfiad gên wrth iddi siarad.

'Ga i fynd i'r stafell folchi cyn i ti fynd mewn?' gofynnodd Dyfed.

'Cei. Dere, wna i ddangos y ffordd i ti,' ac arweiniodd hi fe i lan y grisiau. 'Co ti. Nos da, 'te.'

'Nos da.' Plygodd Dyfed i lawr a chusanu Catrin yn dyner i gyfeiliant rhamantus chwyrnu Liam yn y cefndir. Doedd hi ddim eisiau gadael iddo fynd, ond o'r diwedd gadawodd hi fe, a mynd i lan y grisiau i'w stafell ei hunan.

Ar ei phen ei hun yn ei stafell, ciciodd ei bŵts oddi arni, cymryd ei chlustdlysau a'u rhoi ar ei desg, a gwasgu *play* ar ei laptop. Wrth i'r gerddoriaeth feddal ddechrau llenwi'r stafell meddyliodd am Dyfed.

Wna i fynd lan? meddyliodd Dyfed, gan oedi tu fas i'r stafell folchi.

Gobeithio daw e lan, meddyliodd Catrin, gan aros yn amyneddgar yn ei stafell. Roedd hi wedi gadael ei drws hanner ar agor, a'r gerddoriaeth yn ddigon uchel iddo ei chlywed, gyda golau'r lamp lafa yn taflu golau ar ben y grisiau. Dyn yw e, wedi'r cyfan, meddyliodd Catrin. Mae'n amlwg ei fod yn mynd i drial ei lwc. Ar ôl munud neu ddwy daeth cnoc dawel ar ei drws. Aeth hi ar draws y stafell a phipio trwy'r bwlch.

'Wel helô, popeth yn iawn?' gofynnodd hi.

‘Iawn diolch,’ atebodd Dyfed. ‘Ro’n i eisiau dweud diolch eto am heno, dyna i gyd. Ces i amser mor dda gyda chi gyd... wel... gyda ti.’

Gwelodd Catrin corneli’i geg yn codi, mewn gwên swil.

‘Ie,’ atebodd. ‘Fi, ’fyd.’ Safodd ar flaenau bysedd ei thraed, dal ei wyneb rhwng ei dwylo, a’i gusanu. Daliodd e hi’n dynn yn ei breichiau, yn falch o’i hymateb. Wedyn, stopiodd e’n sydyn a chodi’i ben.

‘Be sy?’ gofynnodd hi.

‘Ai Billie Holiday yw hwn?’

‘Ie, ti’n gyfarwydd â’i cherddoriaeth hi ’te?’

‘Ydw! Dwi’n dwlu ar Billie! Ti’n hoffi Sarah Vaughan?’

‘OMG, wrth gwrs! Ti moyn dod mewn i wrando?’

Caeodd hi’r drws y tu ôl iddyn nhw’n dawel.

Pennod 16

Yn araf iawn, fel hen gêr ystyfnig yn ildio o'r diwedd i'w le, dechreuodd bywyd hercian yn ôl i ryw fath o drefn. Aeth pawb yn ôl i'r gwaith, ac aeth Catrin yn ôl i'r brifysgol. A dyma nhw'n meddwl am fynd i lan i'r fynwent ryw bythefnos ar ôl yr angladd, ond doedd e ddim yn teimlo'n iawn, rywsut.

'I don't want to go up there with flowers and cry. Can you imagine Biggsy's face, us lot, all crying round his grave, holding flowers?' cwynodd Lauren.

'I don't know,' pendronodd Liam. 'I think he'd quite like the thought of three girls crying over him!'

'Nah,' ychwanegodd Catrin. 'I think Lauren's right. We don't need to go to the cemetery to remember Biggsy, or buy flowers for that matter. I think we should do it our own way.'

'Get some cans and have a Chinese?' awgrymodd Liam.

'Oh, yes!' ymbiliodd Elin. 'Can we? That sounds much more like it. What films did he like watching, Liam?' Ond sylweddolodd Elin beth oedd hi wedi'i ddweud, a dechrau cochi cyn i'r geiriau hyd yn oed adael ei gwefusau.

'Umm, I think we all know the answer to that one!' rhuodd Lauren, gan bwnio Elin yn yr ysgwydd.

'Well I'm not going to watch... one of... those!' ebychodd Elin, gan rwbio'i hysgwydd yn ddig.

Roedd Liam yn chwerthin, a thrwy ei ddagrau, awgrymodd,

'What about *Dirty Dancing*? He liked that, and that's a kind of chick-flick, isn't it?'

Edrychodd y merched ar ei gilydd yn goeglyd.

'That one with the girl dancing on a log in a river?' gofynnodd Catrin yn amheus.

Nodiodd Liam ei ben. 'Well, he had a thing for that bird in the film, I know that.'

'Well I'm not watching anything "dirty", I can tell you that now,' ebychodd Elin.

Roliodd Liam ei lygaid. 'Have you never seen *Dirty Dancing*? It's not a "dirty" film, mun. It's called *Dirty Dancin*g, that's all. It's all singing and dancing, and Biggsy liked all them films with singing in, didn't he, and stuff from the eighties.'

Rhochiodd Lauren, gan feddwl am y pentwr o 'stuff from the eighties' yn y sied.

'Ha! You can say that again.'

'Right! Settled!' Curodd Liam ei ddwylo ynghyd. 'Friday night, us four, Chinese, cans, and Patrick and Jennifer.'

'I thought you said just us lot.'

Roliodd Liam ei lygaid eto, codi o'r soffa, a thaflu clustog at Lauren wrth gerdded heibio.

'Shit for brains, you've got!'

Stopiodd Catrin Liam yn y fan a'r lle.

'Woah, Liam. Before you disappear, we need to talk about the rent. What are we going to do next month? I can't chip in towards Biggsy's share next month. I'm absolutely ripped. Liam, see if one of the boys wants Biggsy's old room. Can you all ask round in work, and I'll ask round in uni?'

Cytunodd pawb, a nodio eu pennau'n drist, yn chwithig, yn euog bron â bod, fel petaent yn anghofio eu ffrind. Doedd dim un ohonyn nhw eisiau gweld rhywun newydd yn symud i mewn i stafell Biggsy, ac eto, doedd dim modd iddyn nhw fod yn sentimental amdani chwaith. Ar ddechrau'r mis byddai'r landlord yn disgwyl rhent llawn, pwy bynnag oedd yn byw ac yn galaru yn y tŷ.

'I'll ask some of the boys in the group chat now,' dywedodd Liam yn dawel.

'I'm going to phone my mother now,' meddai Lauren. 'Shall I ask her to ask around up the factory?'

'Good idea,' dywedodd Elin, gan geisio swnio'n bositif.

'Yeah, I'm sure we'll find someone soon enough,' ychwanegodd Catrin. 'Someone really nice. I mean, who WOULDN'T want to live with us, right?' Estynnodd hi am y *remote* a dechrau fflicio trwy'r sianeli.

'Be ti moyn gwylio?' gofynnodd i Elin.

'Dim ots, rili,' atebodd hithau. Wedyn, ar hynny, dyma hi'n chwalu'n deilchion. 'O Cat, dwi'n teimlo'n ofnadwy, ein bod ni'n gorfod cael rhywun newydd yn stafell Biggsy.'

Diffoddodd Catrin y teledu a syllu ar y sgrin ddu, fel petai syllu i'w grombil yn cynnig rhyw fath o gyngor neu ateb iddi.

'Ie, fi fyd. Ydy hi'n deg gofyn i rywun ddod i fyw i'r stafell yna? Fyddan nhw'n deall ac yn gwerthfawrogi pa mor galed yw hyn i ni? Ac i fod yn onest, dwi ddim eisiau cael rhywun newydd ar hyd y lle yn y tŷ nawr. Ni wedi arfer â'n gilydd, t'mod?'

'Ie.' Roedd Elin yn eistedd gyda'i hwyneb yn ei dwylo nawr. 'Mae'n teimlo'n rhyfedd, yn anffyddlon hyd yn oed, ond dwi ddim eisiau talu fy rhent i a chwarter rhent Biggsy hefyd.'

Edrychodd Catrin arni, yn ddwys, heb ddim byd arall i'w gynnig.

'Ti'n gwybod os na ffeindiwn ni rywun yn glou, bydd y landlord yn ffeindio rhywun ei hunan? Gallai fe ddewis unrhyw un i ddod i fyw yma gyda ni. Rhyw *gym-bunny* o Ferthyr, neu ryw foi rygbi o Bontypridd. Unrhyw un o gwbl.'

Y diwrnod canlynol, heb i neb gael fawr ddim llwyddiant, roedd pethau'n dechrau edrych yn anobeithiol. Doedd Liam heb gael unrhyw lwyddiant ymysg bechgyn yn ei *group chat*, a doedd dim diddordeb gan neb yn ffatri mam Lauren. Pan ddaeth Elin adre o'r gwaith, roedd hi amlwg wedi cyffroi.

'Guess what?' Roedd ei bochau'n binc wrth iddi brysuro tua'r stafell fyw.

'You got laid by the headmaster in his office?' atebodd Liam, heb godi ei ben o'i gylchgrawn seiclo.

'Ooh, I know! You bought a lipstick that actually suits your complexion?' gofynnodd Lauren.

Piffiodd Catrin.

'Nooo!' Roedd Elin yn ddiamynedd. Rhoddodd ei bag a'i chot ar y gadair, ac eistedd gyferbyn â Liam. 'What's the matter with you lot? You can be so childish at times.'

Piffiodd Lauren a Liam, fel plant drwg, a mwmiodd Liam 'Sorry, miss!' o dan ei anadl.

'Listen!' Mynnodd Elin eu sylw. 'I know someone who's interested in the room.'

Edrychodd Liam dros ymyl y cylchgrawn, a daeth Catrin a Lauren i sefyll yn nes tuag at ei chadair.

'Go on,' ysgogodd Liam yn eiddgar.

'Well, Dyfed in work with me.' Taflodd gip ar Catrin, 'He's got a friend who teaches in a Welsh school in Porth. He lives in Cardiff at the moment, but he's finding it a nightmare in the traffic every day, so he's looking to rent somewhere up the valley, while he saves to buy somewhere. He says the rent up here is half the price of some he's looked at in Cardiff.'

Er bod Dyfed a Catrin wedi bod yn tecstio'n ddi-baid ers y twmpath, roedd hyn yn newyddion iddi ac yn newyddion da iawn hefyd.

'Never mind the house prices,' snapiodd Lauren. 'What does he look like? Fit?'

'Well, I haven't actually met him yet, but he wants to come round to look at the room tomorrow.' Edrychodd ar Catrin eto. 'Dyfed said he'll bring him round, if that's ok.' Edrychodd o'i chwmpas ar wynebau'r tri, gan geisio dyfalu sut oedden nhw'n teimlo.

'That'll definitely be alright!' ebychodd Catrin. 'They can stay and have some pizza with us, get to know each other a bit.'

'Yes!' chwarddodd Lauren. 'There would be no harm in old Dove 'Ead coming round for a couple of hours, would there, Cat?'

'You can show them the bedroom,' dywedodd Liam. 'Biggsy's, I mean. Obviously, Dyfed already knows where yours is.'

'Shut up, will you!' gwichiodd Catrin, a chodi cylchgrawn Liam a'i glatsio ar ei ben. 'Well if Dyfed and this guy are such good friends...'

'Oh they are! They've been friends since uni. They play hockey together.'

Rhochiodd Liam. 'Hockey? 'Ang on, is Dyfed's friend a twelve year old girl?'

'It's not just girls who play hockey, Liam,' atebodd Elin yn drahaus.

'Sounds fit,' sibrydodd Lauren wrth Catrin o gornel ei cheg. 'I might nip up now, and put the hoover round, open the window a bit.'

‘That’s a good idea. Hopefully he’ll like it anyway,’ dywedodd Elin.

Prin roedden nhw wedi bod i mewn yn stafell Biggsy, y stafell wag, ers yr angladd. Doedden nhw ddim yn gallu goddef edrych ar ei gwacter, felly roedd y drws wedi bod ar gau ers i’w ewythr ddod draw i gasglu’r stwff. Yn y stafell, doedd yno bellach ond tyllau yn y wal, lle bu’r teledu, gwely gyda matres noeth, cwpwrdd dillad gwag, a smotiau glas Blu Tack ar y waliau lle bu cynt bosteri di-chwaeth. Roedd yr ewythr wedi tynnu’r llenni mewn cwlwm i adael i’r lle weld yr haul.

Ar ôl gwaith, daeth Dyfed i’r tŷ gyda’i ffrind, Rhodri. Roedd fel pe bai wedi bod yn un o’r criw ers hydoedd. Roedd e’n hoffi’r stafell, ac yn methu credu pa mor rhad oedd y rhent. Aeth Catrin â Dyfed i’w stafell hi, i wrando ar ryw gân newydd roedd hi wedi’i ffeindio. Cawson nhw bitsa, a holodd y merched am yr hoci. Roedd Rhodri yn ffit ac yn ffit. Dros ei chwe throedfedd, ysgwyddau llydain, gwên neis. Dywedodd ei fod yn hoffi hoci, nofio a seiclo. Cododd clustiau Liam. ‘Road or mountain?’

‘Road mostly, but I do go off-road sometimes. Went up around Betws-y-coed in the spring, with a couple of mates. That was a good week. That your bike in the passage?’

‘Yeah,’ atebodd Liam, yn falch o gyfarfod enaid hoff cytûn. ‘You’ll have to come out with me one day. I’ll take you up, over the Bwlch, over Neath, and back over the Rhigos. Then you’ll know what your legs are made of!’

Cyn iddynt gael amser i feddwl am y newid mawr o’u blaen, troes y tŷ yn fwrlwm o fynd a dod, bocsys yn y gegin a sŵn traed yn mynd i lan ac i lawr y grisiau. Er mawr fwynhad i Lauren, roedd Rhodri yn hoffi coginio – i bobl eraill! O fewn rhyw bythefnos, roedd Rhodri wedi ymgartrefu yn hen stafell Biggsy, a’i hailaddurno. Gyda chot o baent newydd a llenni newydd, ymddangosai fel stafell wely gwbl wahanol – yn enwedig gan i Rhodri aildrefnu'r dodrefn a chael gwared â'r gwely sengl am un dwbl. Roedd Elin yn hapus i gael Cymro yn y tŷ, wrth gwrs, ac roedd e'n hapus ei bod hi'n rhoi lifft iddo i'r gwaith, gan ddod adre ar y trên. Cyflwynwyd e i ddiléits y Sportsman, y Lamb and Flag, a'r Chapel Bar. Cadwodd Liam at ei air ac aeth ag e allan ar ei feic, ac ymddangosai fod egin cyfeillgarwch rhwng y ddau. O safbwynt Catrin, y peth gorau oedd y ffaith y byddai Dyfed yn dod i'r tŷ i weld Rhodri, a threulio amser gyda hithau hefyd. Diflannodd y fflach a fu rhwng Lauren a Hywel, ond doedd dim awgrym o letchwithdod pan ddeuai i'r tŷ. Er bod bwlch mawr o hyd yn y tŷ heb Biggsy, dechreuodd y pedwar gofio sut brofiad oedd bod yn hapus unwaith eto.

Weithiau, wrth orwedd yn ei gwely, pendronai Catrin ynghylch Dyfed, a dychmygu'r dyfodol. Roedd hi'n bendant yn ei hoffi'n fawr, a gwnaeth hynny iddi deimlo'n nerfus, oherwydd beth fyddai'r cam nesaf? Sylweddolodd fod pob un ohonyn nhw yn y tŷ bellach yn siarad Cymraeg, ar wahân i Lauren. Fyddai Elin ddim yn cael ffrindiau draw, ond o ran Rhodri, byddai Hywel a Dyfed yn dod draw'n aml i'w weld, felly weithiau byddai chwech ohonyn nhw'n clebran yn Gymraeg yn y lolfa. Doedd Liam ddim yn frwd, ond gwnâi e ymdrech o flaen y bechgyn eraill. Ac o ran Lauren, roedd ganddi gymaint o ddiddordeb ag erioed – yn y bechgyn, hynny yw. Doedd hi erioed wedi poeni am y Gymraeg.

'You know, it's just not for me, babe,' esboniodd Lauren yn feddw i Rhodri un noson yn y dafarn. 'I just don't like the sound of it, you know?' Roedd Catrin ar fin marw yn y fan a'r lle, wrth i Lauren barhau i dramgwyddo'u ffrind newydd, wrth iddo sipio'i win.

'It's all ch-ll-ch-ychi and spitty. Don't get me wrong,' ymhelaethodd, gan roi ei llaw ar fraich Rhodri, 'I think it's great that you can speak it. I mean, I think you should speak Welsh if you live in Wales, shouldn't you, and Cat, it's a nice little hobby for you, isn't it?' Trodd at Catrin, gan fwrw yn erbyn ei braich a pheri iddi dywallt ei diod dros esgidiau Rhodri. 'It's just not for me, you know?' Oedd hi newydd ddweud taw 'hobby' oedd y Gymraeg i Catrin? Fel seiclo i Liam, neu'r côr i Elin? Rhywbeth i lenwi awr neu ddwy yn ystod wythnos ddiflas. Teimlodd Catrin ei stumog yn corddi wrth weld mor gwrtais, wrth gwrs, roedd Rhodri yn ymatal rhag ymateb. Nid dyma'r tro cyntaf iddo glywed y fath farn am ei famiaith, yn sicr. Edrychodd e'n slei ar Catrin, a gwenu. Y foment honno, wrth weld Rhodri yn goddef sarhad ei ffrind, synhwyrodd y gallai fod yn hapus iawn gyda fe, a chwarddon nhw gyda'i gilydd am chwedl ddifyr Lauren, wrth iddi barhau i glebran.

Am y tro cyntaf ers oesoedd, dechreuodd Catrin deimlo'n gyfforddus ynddi hi ei hun, fel pe bai'n fodlon ar ei byd. Teimlai'r cwlwm yn ei stumog, a oedd wedi bod yno ers marwolaeth Biggsy, yn dechrau datod ychydig. Fan hyn oedd ei lle. Nid yn y brifysgol, nac yn yr Eisteddfod. Roedd hi wedi bod yn chwilio mor galed i ddod o hyd iddi hi ei hun, i'w lle yn y byd 'ma, nes iddi anwybyddu'r hyn a oedd o flaen ei llygaid. Doedd dim rhaid iddi chwilio a cheisio ei newid ei hun, a ffitio i mewn i fyd a oedd yn perthyn i bobl eraill. Bydd yn fagnet, ac fe wnei di ddenu'r pethau gorau, y bobl orau atat ti, meddyliodd. Roedd hi'n ddigon o Gymraes heb orfod mynychu'r Eisteddfod, na mynd i gigs Clwb y Bont. Dyma oedd ei lle, yn fan hyn, a dyma ei phobl. Dyma'i byd. Roedd pob un o'r trysorau hyn wedi dod i mewn i'w bywyd a ffitio fel jig-so o'i chwmpas – Lauren, Liam, Elin, Rhodri, Dyfed. Roedd hi'n hapus yn y tŷ, roedd y brifysgol yn her ac yn fwynhad, ac roedd Dyfed – wel – roedd Dyfed yn lysh. A rhag ei chywilydd, roedd Dyfed hefyd, meddyliodd, yn ddefnyddiol iawn – yn eiriadur wrth law, ac yn well na'r geiriadur ar-lein! Roedd e'n *keeper*.

Edrychodd Catrin ar wynebau ei ffrindiau, yn ngolau lliwgar y dafarn, a theimlodd yn falch o'u hadnabod, pob un ohonynt. Meddyliodd am Biggsy, ei ffrind gwallgo am ei galon enfawr a theimlodd yn falch. Roedd hi wedi ymdrechu i fyw cyhyd rhwng dau fyd, rhwng ei byd Cymraeg a'i byd Saesneg. Roedd hi'n amlwg fod Biggsy wedi'i ddal rhwng ei fyd hapus yng nghwmni ei ffrindiau, a'i fyd mewnol, tywyll. A hyd yn oed Liam – gallai weld ynddo yntau'n awr olion y ddeuoliaeth, wrth iddo wenu arni a'i grys T tenau a'i freichiau cyhyrog. Treuliai hanner ei fywyd yn y gampfa, neu'n taclo llethrau serth y cymoedd ar ei feic, a'r hanner arall yn lladd ei ysgyfaint fesul sbliff. On'd ydyn ni i gyd yn rhywle rhwng dau fyd? O Biggsy bach, ble rwyt ti, byt? Chwiliodd am ei wyneb yn y dafarn, ben ac ysgwydd yn dalach na phawb arall. Roedd hi'n gweld ei eisiau'n ofnadwy.

Ar y foment hon, dechreuodd y jiwcbocs chwarae 'I Want to Break Free', a heb unrhyw anogaeth, ebychodd Catrin 'Wooo!' swnllyd. Ond nid dim ond Catrin. Roedd Lauren wedi gwneud yr un peth yr un pryd, roedd Liam a'r bechgyn yn canu, eu breichiau yn yr awyr, a'r bois pŵl yn y cefn yr un fath. Gafaelodd Catrin yn Lauren ac Elin, a gyda Rhodri wrth ei hochr, daeth ton o emosiwn drosti. Daliodd Lauren lygad Catrin.

'It seems that half the pub is up singing this!'

'If you know, you know!' gwaeddodd 'nôl ar Lauren.

Edrychodd Catrin ar draws y dafarn ar y silff ffenestr yn y cefn, a dychmygodd Biggsy yn sefyll arni ac yn canu. Edrychodd hi 'nôl ar wynebau ei ffrindiau – yr hen ffrindiau, a'r rhai nad oedd erioed wedi cwrdd â Biggsy, ond roedd pawb yn gwenu. Ac am y tro cynta mewn oesoedd, teimlai fel petai popeth yn mynd i fod yn iawn.

Dadeni

Rwy'n dechrau cofio rhywbeth.
Ers amser maith bu fy llais yn gryg, gwag,
a'r llwch yn casglu yn fy llwnc, ond bellach
ni fydd geiriau a siaradwyd
gan fy nghyndadau'n ddieithr i fy ngwefusau.
Codaf yr hen arfau ofer a chreu pethau newydd,
pethau prydferth.
Palaf y pridd nes darganfod arian ac aur, fel edafedd,
a chreu brodwaith hardd o fy ngeiriau.
Fydda i byth eto'n teimlo'r gefynnau a'r cywilydd,
mae gennyf lais newydd,
a chanaf gân newydd, am y gorffennol ac am y dyfodol.
Llifith y geiriau fel nentydd y mynydd,
pob dafn, pob nodyn a phob gair ar ei newydd wedd.
Adnewyddir fy enaid ag angerdd,
a chlywir fy nghân.